番と知らずに私を買った
純愛《こじらせ》騎士団長に
運命の愛を
捧げられました！
犬咲
illust. 御子柴リョウ

「頭でも撫でてくれ」
凛々しく整った顔が快楽に歪み、
形の良い唇からこぼれる吐息が
熱を帯び、荒くなっていく。

# 番と知らずに私を買った純愛こじらせ！騎士団長に運命の愛を捧げられました！

犬咲

illust. 御子柴リョウ

CONTENTS



［絵師］御子柴リョウ

tsugai toshirazuni
watashiwokatta junai kojirase kishidancho ni
ummeinoai wo sasageraremashita !

# プロローグ ✦ あなたの性奴隷なのですから！

爽やかな夜風が窓から舞いこむ初夏の宵。

「――もう勘弁してください」

寝台の上、野生の獣めいた逞《たくま》しい上半身をさらけ出し、トラウザーズ一枚で流れるような土下座を決めたのは、我が国、グリッドヤード王国の黒鉄《くろがね》騎士団の長。

黒の英雄とも称される騎士の中の騎士、レゼル・ダシルヴァ、その人だった。

「えっ、レ、レゼル!?」

サラは、つい先ほど「なんだその服！　ほとんど紐《ひも》じゃねえか!?」と彼を驚愕《きょうがく》させた、リボン状の衣装の上から被《かぶ》せられた「彼の」シャツから顔を出し、目の前の光景に目をみはる。

「あんた、いや、あなた様が魅力的なことは、もうわからせていただかなくても、充分、痛いほどわかっておりますので！　本当に！　顔は子猫みたいに可愛《かわい》いくせに、身体《からだ》つきは女豹《めひょう》系ってどういうことなんだよ!?　可愛いか色っぽいか、せめてどっちか片方にしてくれよ！」

「あ、あの？」

「とにかく、煽《あお》られるのも辛《つら》いんで！」

サラのふわふわと波打つ淡い金髪と対をなすような、まっすぐだが、ところどころ奔放に撥《は》ねた洗いざらしの黒髪。

それをシーツにすりつけ、深々と頭を下げるレゼルの脚の間、ハッキリといってしまえば股間は痛々しいほどに隆起し、彼がしっかりバッチリ欲情していることを伝えている。

サラの位置からは見えないが、凜々《りり》しく整った顔や満ちた月を思わせる金色の目も、きっと苦悩に歪《ゆが》んでいることだろう。

「もう本当にそろそろ限界なんで、勘弁してください!!」

悲痛な男の叫びが寝台の上にこだましまして——。

シンと広がる沈黙の後。

サラはスポンとシャツの袖から手を出し、そっとレゼルの手を取って、眉を寄せながら囁《ささや》く。

「……お辛いのなら、私をお使いください」

それから空色の目を細めると、たわわに実った白い胸を差しだすように身を乗りだし、ニコリと微笑《ほほえ》み宣言した。

かつて、婚約者である王太子に裏切られ、いわれのない罪を着せられて、公爵令嬢から奴隷へと堕《お》とされた自分を救ってくれた、恩人に向かって。

「だって、私はそのために買われた、あなたの性奴隷なのですから！」と。

# 第一章 ✦ 「娼婦でも生温い」と奴隷に堕とされた日

サラの運命が大きく変わったのは、レゼルに土下座をされる三週間前の春の日。

満ちた月が輝く夜のことだった。

王宮の庭園でひらかれた、「春の星見の会」と銘打ったナイトガーデンパーティ。

「皆、聞いてくれ！」

サラは銀糸の刺繍《ししゅう》をあしらった夜空色のドレスをまとい、傍らに立つ婚約者の声に耳を澄ましていた。

サラが八歳のとき、二つ年上の王太子ヘンリーと婚約を結んでから十年間。

彼のパートナーとして様々な催しに出席してきたが、今回の催しは初めてのものだった。

星見の会といえば、その年の社交シーズンの締めくくりとして夏の終わりに、それも月の細い日を選んで行われるものと決まっていたから。

けれど、社交シーズンの始まりを記念して、新しく始めることにしたのなら、それはそれで皆の楽しみが増えるだろうと思い、特に反対はしなかった。

いつもはサラに丸投げしている招待客の選別も、ヘンリーが「私がやる！」と言いはり、意外に思いながらも、本当は少しだけ楽しみにしていたのだ。

だって、その日は、サラの十八歳の誕生日だったから。

――もしかしたら、何かお祝いをしてくれるのではないか。

そう、思ってしまった。

この国の社交界では何代か前の王の影響で、記念日というものがことさら大切にされている。

普段は「細かい」「うるさい」「しつこい」「僕なりにやっている」「そんなに文句があるなら君がやっておいてくれ！」とサラを鬱陶しがっている彼だけれど。

この日だけは、もしかすると――と。

そんな期待は、最悪の形で裏切られることとなった。

「――今、この場をもって、私はこの女、サラ・オネソイルとの婚約を破棄する！」

薔薇《ばら》の生垣に囲まれ、純白の大理石を敷きつめた屋外舞踏場。

無数の燭台《しょくだい》の明かりを受けて、キラキラと輝く巨大な円のその中心。

一段高くなった壇の上で、ヘンリーがサラの手首をわしづかみにして口にしたのは、労《ねぎら》いでも祝福でもなく、決別の言葉だったのだ。

「ヘンリー様!?」

「気安く名を呼ぶな！」

驚きに目をみはるサラを、ヘンリーは豪奢《ごうしゃ》な金の巻き毛をかきあげ、エメラルド色の目を細めて憎々しげに睨《にら》みつける。

「サラ・オネソイル！　君は私の婚約者という立場を悪用し、私の名を騙《かた》って国政を私物化しようとした！　これは私への大いなる侮辱、許しがたい国家への反逆行為だ！」

「っ、……そのようなこと、しておりませんわ」

内心ショックを受けながらも、サラは努めて冷静に言い返す。

「確かに……殿下のお仕事を手伝わせていただきました。ですが、それらはすべて殿下から信任を受けた上で行ったものです。国政を私物化したことなどございません」

国王が病に伏して転地療養を始めたことで、政務が増えたヘンリーが「こんなにできるか！」と癇癪《かんしゃく》を起こしたのを機に手伝いはじめて、早三年。

日を追うごとに手伝う量も範囲も増えてはいたが、独断で何かしたことなど一度もない。

「君が勝手にやっておいてくれ」と何度言われても、その一線だけは越えなかった。

ヘンリーがそのことを知らないはずがない。

それなのに――。

「このごに及んで罪を認めぬとは、往生際が悪いぞ！　証拠はそろっているのだからな！」

端整な顔を歪《ゆが》めて鼻息荒く言いきると、ヘンリーは壇を遠巻きに取り囲む人々に顔を向け、声を張り上げた。

「リフモルド侯爵！」

名を呼ばれ、進み出てきた人物を目にして、サラは悟った。

――ああ……取りこまれてしまわれたのね。

小柄で恰幅《かっぷく》の良い、五十絡みのその男はリフモルド侯爵。

リフモルド家の始まりは百年前。

彼の父の代で伯爵から陞爵《しょうしゃく》し、彼が当主になってからは急速に社交界で力を付け、ついに宰相の座に上りつめた。

王家に連なる血すじながら「貧乏公爵」と笑われ、社交界での影響力が弱まりつつあるサラの家とは正反対、栄華を誇る大貴族だ。

けれど、その成功の陰には後ろ暗い噂《うわさ》もついて回っていた。

そのうちのひとつが治水工事などを担う業者との癒着だったのだが……。

——噂は本当だったということかしら。

ついひと月ほど前、「今後はこういうものもやっておけ！」と新たに丸投げされた用水路整備の予算稟議書《りんぎしょ》に目を通したサラは、明らかに相場よりも高いことに疑問を抱いた。

けれど、そのときは楽観的に捉えてしまったのだ。

「計算ミスということもあり得るものね」と。

その点を指摘して差し戻した後。

ふと気になって、これまでヘンリーが決裁を下していた他の工事の書類を見返してみたところ、どれも相場より割高な予算で通っていた。

——ヘンリー様は「貧しい民に高い金を払ってやって何が悪い」と居直ってらしたけれど……。

サラは、このままにはしておけないと思った。

もちろん、技術を買い叩《たた》くのはよくない。

けれど、民から集めた税は適切に使われるべきだ。

余剰分の金がどこに流れているのか突きとめなくてはいけないと、そう考えたのだ。

――考えるだけでなく、すぐに動くべきだったわ。

そうすれば、リフモルド侯爵に先手を打たれずにすんだだろう。

「――さぁ、これが証拠です！」

ヘンリーの傍らに立った侯爵は高らかに叫んで、まず「王宮内でサラに与えられた執務室の机」から出てきた「ヘンリーの印章リング」と「サラがヘンリーの筆跡を真似《まね》るために、サインを書きつけた捨て紙」を右手で掲げ、「リングを殿下の机から持ち去るのを見た文官の名」を口にした。

「まだまだありますぞ！」

続いて左手を懐に差し入れ、「サラがヘンリーからの贈り物だと偽って注文した、ドレスや宝石の注文書の束」を取りだすと、芝居がかった仕草で紙吹雪のようにばらまいて見せる。

「……まったく、自分の罪とも向き合えぬとは『清廉潔白』を信条とされるオネソイル公爵家の名が泣きますぞ！　いまや歴史の長さと、その高潔さだけが誇りでしょうに！」

額に手を当て、「嘆かわしい」とわざとらしく溜《た》め息《いき》をつく侯爵に、遠巻きに見ていた人々が、追従の笑い声を立てる。

そんな客人たちを見渡して、サラはキュッと唇を引き結んだ。

――だから、ご自分で招待客を選ぶとおっしゃったのね。

最初から違和感はあった。

この舞踏場に足を踏み入れて、客人の顔ぶれを確かめたときから。

今夜招かれている貴族は皆、リフモルド侯爵の派閥に属する者ばかりで、彼を敵に回してまで、サラの味方になってくれそうな人物はいない。

両親も幼い弟と共に、屋敷でサラの帰りを待っている。

——エリックを連れてこなくて正解だったわ。

六歳になったばかりの弟のエリックは星が大好きで、招いてもいいか、ヘンリーに尋ねたのだ。

「邪魔だからダメだ」と断わられ、エリックは残念がっていたが、今となってはこのような場面を見せずにすんでよかった。

サラと一緒に、このような悪意に満ちた視線に囲まれることにならなくて。

騙《だま》されたこと、これまでの努力を踏みにじられたことへの悔しさと悲しみと共に、ジワリとサラの胸にこみあげてくるのは不安と怖《おそ》れ。

——くつがえせるかしら……。

証拠も証人も、それらしくそろってしまっている。

きっと宝石商や仕立て屋とも、リフモルド侯爵は話をつけているだろう。

この様子からして頑《かたく》なに否定すれば、拷問まがいの尋問にかけてでも、罪を認めさせようとするかもしれない。

——でも、犯してもいない罪を認めたくなんてないわ……！

サラはキュッと手を握りこんで震えを抑えると、ヘンリーと侯爵を見すえて告げる。

「……天地に誓って、私は罪など犯しておりません」

その言葉にヘンリーと侯爵はチラリと視線を交わし、唇の端をつり上げた。

嘲笑《あざわら》うような、いたぶるような、なんとも厭《いや》らしい笑みに、サラの背にゾワリと悪寒が走る。

思わず一歩後ずさったところで、ヘンリーがその笑みを深めて話しかけてきた。

「サラ、罪を認めたくない気持ちは理解しよう。それに、僕にも君を増長させた責任の一端はあると思っているのだ。だから、悪いようにはしない」

糾弾から一転、奇妙にやさしい声音で言われて、サラはいっそう怖気《おぞけ》が強まるのを感じながら、問いかける。

「……悪いようにはしない、とは？」

「君だけの罪にしてやろう」

「私だけの？」

「そうだ。今ここで罪を認めれば、君の家には累を及ぼさない。この名にかけて誓う。君のことも過ぎた罪には問わない。命を奪ったりはしないから、安心してくれ」

ヘンリーの言葉に、リフモルド侯爵が「おお！」と感激したように胸を押さえる。

「なんと寛大なお言葉でしょう！　サラ嬢、殿下がここまで譲歩してくださっているのですぞ？　無駄なあがきはやめて、罪をお認めなさい……殿下が、寛容を示してくださっているうちに」

悪意の滲《にじ》む笑みで促され、サラは唇を噛《か》みしめる。

もしもここで拒めば、確実に両親や弟にも彼らの悪意が向けられるだろう。

幼い弟が尋問にかけられる姿が頭をよぎり、キュッと胃が締めつけられ、手足が冷たくなる。

「……さあ、今、決めるんだ。サラ、罪を認めるか？」

「……本当に、私だけの罪にしてくださいますか？」

「もちろんだとも！」

サラの心が屈しかけているのが嬉《うれ》しいのだろう。

ニヤニヤと笑みを深めるヘンリーを見つめて、サラは迷う。

自分一人が犠牲になって家族が無事ですむのなら、覚悟を決めてもいい。

――でも、信じてもいいのかしら？

無実の人間に罪を着せ、追いこむような者たちが、本当に約束を守ってくれるだろうか。

さりとて、このまま否定しつづければ、家族に危害が及ぶかもしれない。

ヘンリーの、リフモルド侯爵の、彼らを支持する人々の「早く認めろ」という無言の圧力を浴びながら、答えを出せずにいた――そのときだった。

「……私が証人になろう」

涼やかな声が客人たちの後ろから響いた。

え、とざわめく人々の合間を縫ってあらわれた人物を目にした瞬間。

サラはパチリと目をみはり、思わず、その名を口にしていた。

「ベネディクトゥス陛下……!?」

夜風になびく白銀の髪、雪のように白い肌、蜂蜜のような金の瞳。彫像のような美貌。

年のころ三十代半ばほど、ほっそりとした長身を白いローブめいた立襟の装束に包んだその人は、南の大国、リドゥエル帝国を治める皇帝だ。

そのような人物が、どうしてこのような場所にいるのかというと――。

「……『嘆きの竜帝』が、まだフラフラと番捜《つがいさが》しか……」

ボソリとヘンリーが口にした言葉。それが答えだった。

ベネディクトゥスはただの皇帝ではなく、竜の血を引く「竜帝」なのだ。

ふらりと動いた彼の目がサラを捉える。

人よりも瞳孔が少しだけ縦に長い金の瞳、竜の証《あかし》であるそれよりも目を引くのは、濡《ぬ》れた睫毛《まつげ》に縁どられた目元。

泣きはらしたように赤く染まったそれが、彼の二つ名の理由だった。

他国の君主が前ぶれもなしに他国の王宮に現れるなど、本来なら、外交問題になってもおかしくない行為だが、彼に限っては黙認されている。

――今日は満月だから……番を捜しに出ていらしたのね。

番を求めるのは竜の本能。竜は恐ろしく、危うい存在だ。

その身ひとつで数百、数千の兵に匹敵する力を持ち、それゆえ、リドゥエル帝国では神の化身として崇《あが》められている。

けれど、番以外とは子をなせないために、長い歴史の中で徐々に数を減らし、いまやリドゥエル皇家の血を引く者は、ベネディクトゥスただ一人。

それゆえ、番を求める衝動もいっそう強いのだろう――と言われている。

当然、それを阻まれたときの怒りも。

その昔、彼が番を失う原因を作った者と、それをそそのかした者たちは、生きたまま八つ裂きにされたという。

だから、番を求めて泣きながらさまよう竜を、人々は畏れと哀れみをもって受け入れるほかないのだ。

「……彼女は星が好きだった」

すぐ近くにいるサラを通りこし、どこか遠いところを見つめてベネディクトゥスが呟《つぶや》く。

「キラキラとまたたいて、きれいで好きなのだと。空から見たら、この広場……ああ、舞踏場か。キラキラと光って美しかったので、彼女がいるかもしれないと思って降りてきたのだ」

ポツリポツリと語る声に応える者はいない。

彼自身も望んではいないだろう。

「……だが、いなかった」

ゆるりとかぶりを振ってしめくくると、視線をサラに戻し、それから、ヘンリーへと向ける。

「通りかかったのも何かの縁だ。私が証人になろう」

「え、あの、証人とは？」

うろたえながら尋ねるヘンリーに、ベネディクトゥスは凪《な》いだ声で答えた。

「先ほど君がした誓いの証人だ」

その言葉にヘンリーが小さく息を呑《の》み、リフモルド侯爵とそろって苦々しげに顔をしかめる。

――やはり、約束を守る気はなかったのね。

けれど、これ以上ない証人ができた以上、守るほかなくなるだろう。

できることならば、ベネディクトゥスに無実を訴えて、協力を求めたいところだが、そこまでは望めまい。

だって、サラは彼の番ではないから。

「……ありがとうございます、ベネディクトゥス陛下」

サラは、ぼんやりとこちらをながめるベネディクトゥスに向かって深々と頭を垂れ、それから、ヘンリーに向き直って告げる。

「……殿下のお慈悲をありがたく賜ります」

「……つまり、罪を認めるのだな？」

キラリと瞳を光らせてかけられた問いに、サラは、そっと目をつむり、深呼吸をひとつする。

納得などできていない。悪いことなどしていない。

けれど、サラはヘンリーの信頼を勝ち得なかった。

彼の婚約者として、務めをまっとうできなかった。

サラよりもリフモルド侯爵の方が、自分の治める国には必要だと、そう思われてしまった。

そのせいで、家族が辛《つら》い目に遭うとしたら、その責任の一端はサラにもあるのだ。

――だから、私一人が咎《とが》められてすむのならば、それでよしとするほかないわ。

そう諦め、覚悟を決めると、サラは静かに頷《うなず》いた。

「はい、認めます」

「そうか！」

渋面から一転、晴れやかな顔に変わったヘンリーが高らかに叫ぶ。

「皆、聞いたか!? ベネディクトゥス陛下もお聞きになりましたね？ この女は罪人だ！ さあ、連れていけ！」

あらかじめ、自分の騎士を控えさせていたのだろう。

客人たちの背後から進み出てきた、純白の騎士服をまとった男たちがサラを捕らえる。

そうして、舞踏場から連れだされながら、サラは一縷《いちる》の望みを託してチラリと後ろを振り返る。

もしかしたら、ベネディクトゥスがとめてくれないかと。

けれど、彼はもう、こちらを見ていなかった。

番を偲《しの》ぶように星を見上げ、ホロホロと涙を流す横顔から目をそらし、前へと向き直る。

――ガッカリしてはダメ。証人になってくださっただけで充分、ありがたいことよ。

自分に言いきかせ、甘えを振り払うように頭を振って歩きだす。

――これからどうなるのかしら。

命は奪わないと言ってはいたから、おそらく国外追放にでもされるのだろう。

頼る人もいない土地で、果たして無事に暮らしていけるだろうか。

――でも、どうにかするしかないわ。

生きてさえいれば、家族に手紙も書ける。いつか国に戻れる可能性だってある。

そう自分を励ましていたサラは、半時間後。

自分の考えの甘さと、ヘンリーの秘めた怒りを思い知ることとなる。

目隠しをされて、馬車に乗せられ、連れていかれたのは国境ではなかったのだ。

＊＊＊

「……さあ、ついたぞ。降りろ、サラ」

愉《たの》しげなヘンリーの声が聞こえて、腕をつかまれ馬車から降ろされた。

どこかの建物に入り、わけもわからず追い立てられるまま歩き続け、階段を降りてさらに歩いた先で突き飛ばされ、手をついたのは石の床。

ガシャンと響いた金属音に、慌てて目隠しを外して振り向くと、閉ざされた格子の向こう側。

歪んだ笑みを浮かべたヘンリーが、こちらを見下ろしていた。

「ヘン、いえ、殿下、これはいったい……ここはどこなのですか？」

牢《ろう》の中だということはわかる。

けれど、サラの見たことがある王宮の地下牢とは、いささか造りが違う。

狭いのだ。寝台をひとつ入れれば満杯になってしまうほどの大きさしかない。

広さは独房のようだが、独房ならば格子戸にはなっていないはずだ。

それに格子の向こうに見える武骨な石壁、輝くランプの隣には、牢には不釣り合いの瀟洒《しょうしゃ》な金色のハンドベルがかかっている。

——ここが突き当たりみたいだけれど……。

階段を降りてからそれなりに歩いた気がするので、同じような牢がいくつも並んだ端に入れられたのだろう。

——なんのための場所なの？　どうしてこんな狭い、まるで鳥籠のような……。

そう思ったところで、ヘンリーが、ふん、と鼻を鳴らして口をひらいた。

「……わかっているんだぞ、サラ。君は、ずっと僕をバカにしていたんだろう？」

予想外の問いに、サラは「え？」と目をみはる。

するとヘンリーは忌々しげに顔を歪めて、「白々しい」と吐き捨てた。

「殊勝に僕を支えるふりをしながら、陰では僕のことを『私がいないと何もできない無能王子』と馬鹿にしていたそうじゃないか！」

「っ、そのようなことは——」

「黙れ！」

ヘンリーは感情を爆発させるように怒鳴ると、壁に掛けられたランプの明かりを反射して、ギラギラと光る目でサラを睨みつける。

「君が僕の役に立ちたいと言うから頼ってやったのに、僕に恥をかかせて、恩を仇《あだ》で返しやがって！　君の言葉なんて、今さら何も聞く気はない！　その意味も価値もない！　君の助けも、君自身も、もう僕には必要ないんだ！」

憎々しげに吐き捨てた後、怒りと嘲りをエメラルドの瞳にこめて、彼は言う。

「ここがどこか聞いたな？　教えてやろう。ここは奴隷商の館だ」

そして、息を呑むサラに宣告した。

「……君のような性悪は娼婦《しょうふ》でも生温《なまぬる》い。二度と這《は》い上がれないよう、奴隷に堕《お》としてやる。最も卑しい、性奴隷にな！」

こうしてサラは一夜にして、王太子の婚約者から性奴隷へと望まぬ転身を遂げることとなったのだった。

第二章 ✦ 身持ちが堅い、ガチガチに

「……さすがに外聞が悪いからな、表向きは別の刑罰を与えたことにしてやる。二度と会うことはあるまいが、せいぜい上手《うま》く買い主に媚《こ》びて生き延びることだ。まあ、君のような性根の悪さが顔に滲《にじ》み出ている女など、誰も抱きたくもないし、買いたくもないだろうがな！」

そんな捨《す》て台詞《ぜりふ》をサラの胸に突きさし、ヘンリーが立ち去った後。

入れ替わりに現れた奴隷商にドレスやアクセサリーを奪われて、サラは膝丈のシュミーズと絹のストッキングという淑女にあるまじき姿で売りに出されることとなった。

「本来なら未通かどうか、あっちの方も検《あらた》めるんですがね」

自分を守るように抱きしめるサラを見下ろし、手にした首飾りをジャラリと揺らして、奴隷商はニヤリと笑う。

「あなたのような高貴な生まれのお嬢様は、『一切手をふれず、まっさらなまま出してほしい』と望まれるお客様がけっこういらっしゃるんですよ。たとえ検品のためだとしても、他人の手垢《てあか》がつくのは嫌だとおっしゃる、こだわりのある方がね」

そして、そのような客はたいてい「イイ趣味」をしているのだ。

そう思わせぶりに言い置いて、奴隷商は牢《ろう》を出ていった。

ガシャンと格子戸が閉まり、鍵が回され、足音が遠ざかっていく。

やがて、階段の上で扉の閉まる金属音が重たげに響いて、その残響が消えた後。女たちの微《かす》かなすすり泣きと、ひそやかな溜《た》め息《いき》がサラの耳に届いた。

会話を禁じられているのか、話し声は聞こえない。

それぞれが静かに諦めや悲しみを抱えて、買い手が来るのを待っているのだろう。

——私も、そうなるのね。

牢の隅で膝を抱えて座りこみながら、サラもツンと目の奥が熱くなるのを感じた。

——まさか、ここまでなさるとは……これほど憎まれているとは思わなかったわ。

鬱陶しがられているのはわかっていた。

それでも、精一杯支え、務めを果たしてきたつもりだったのに。

——でも……それが、ご負担になっていたのかもしれない。

王太子であるヘンリーの婚約者となったからには、彼が立派な次代の王になれるよう、未来の妻として「役に立ちたい」「支えになりたい」と思っていた。

その思いが過ぎてお節介となり、彼の自尊心を傷つけていた可能性も、ないと思いたいが否定はできない。

——少なくとも、殿下はそうお感じになっていた……ということですものね。

リフモルド侯爵に煽《あお》られたにしても、ヘンリーの心に元々火種がなければ、ここまでひどいことにはならなかったはずだ。

奴隷に堕《お》としてやりたいと思うほどの、堕とした後もあのようなひどい台詞をぶつけるほどの、深く激しい憎悪を滾《たぎ》らせることには。

サラは、そっと唇を噛《か》みしめ、睫《まつげ》毛を伏せる。

——「娼婦《しょうふ》でも生温《なまぬる》い」だなんて。

悲しいことではあるものの、身分を問わず、金のために女性が身を売る話は珍しくない。

身売り先は娼館《しょうかん》がほとんどだが、もっと高い値がつく場所もある。

娼館はコツコツと働いて、いつか自分を買い戻すこともできる、その可能性がある場所だ。

けれど、その可能性を捨て、未来のすべてを売り渡す「終身隷属契約書」にサインをすることで、大金を得られる場所。

それが、ここなのだ。

——国外追放や娼館に入れるのでは「もしかしたら戻ってくるかもしれない」とお思いになったのでしょうね。

二度と自分の前に顔を見せないよう、いや、見せられないように、ヘンリーはサラを奴隷に堕としたのだろう。

——ごめんなさい、お父様、お母様、エリック……。

二度と会えないであろう家族に、心の中で詫《わ》びる。

こうなるとわかっていたら、せめて別れの手紙くらい届けてもらえばよかった。

「心配しないで、大丈夫。どうかお元気で、幸せになってください」と。

きっとヘンリーは拒んだだろうが、床に額をすりつけてでも頼むべきだった。

そうすれば残された家族の気持ちも、いくらか軽くなっただろうに。

——国外追放ですむかしら、なんて、それこそ軽く考えていた私がバカだったわ。

唇を噛みしめ、自分の愚かさ、浅はかさを悔やんでいたそのとき。

不意に階段の上、扉の向こうが騒がしくなった。

その途端、音が消えたように、女たちのすすり泣きがとまり、息遣いさえ聞こえなくなる。

——お客が来たのね。

商品を、サラたちを買いに。

ヘンリーは「誰も抱きたくもないし、買いたくもない」と言っていたが、どこにだって物好きはいる。

——私を買おうとする人間も、いるかもしれない。

その見知らぬ物好きに、今から値踏みされ、買われて、純潔を散らされるかもしれないのだ。

そう思ったら、ゾクリと嫌悪まじりの恐怖が足元から這《は》い上がってくる。

男女の営みについては王太子妃教育の一環として、閨教育《ねやきょういく》で学ばされた。

快感を得られることもあるがそれは副産物で、あくまでもヘンリーとの間に跡継ぎを得るための行為であり、不満や苦痛を覚えても、役目と思って耐えるようにと。

性奴隷ならばなおさら辛《つら》い、きっと普通の夫婦の営みではしないような、されないようなことを求められるはずだ。

初めて会う相手に絶対服従を強いられ、一人の女性から、女の形をした玩具に堕ちる。

皆、息をひそめてそのときを待っているのだ。

――買われたくない。

買われるためにここにいるのだとわかっていても、そう思ってしまう。

いっそこのまま死ぬまで、ここに閉じこめていてくれてかまわない。

尊厳を穢《けが》され、踏みにじられるくらいなら、きれいなままで終わらせたいと。

そんなことを考えながら、いっそう強く膝を抱えこんだところで、ガチャリと階上で扉が開く音がした。

「――では、ご自由にご覧くださいませ」

奴隷商の上機嫌な声が遠くから響く。

「ありがとうございます。では、決まりましたらお呼びいたします」

丁寧な口調で答える男の声は若々しい。

どこかの貴族が従者連れでやってきたのだろうか。

「はい！　旦那様のお眼鏡に適《かな》う者がいればよろしいのですが……ああ、『お試し』や『お味見』も可能ですので、気になる品がございましたら、どうぞご遠慮なく！」

笑いまじりの奴隷商の言葉に、サラは思わず身を強《こわ》ばらせる。

――買われなくても、そういうことをされるのね……！

買われたくないと思ったが、どうあがいても弄ばれる未来からは逃れられないらしい。

再び扉が閉まる音が聞こえて、悍《おぞ》ましさと絶望に身を震わせたそのとき。

「なぁ、やっぱり帰ろうぜ、ロニー」

場違いに呑気《のんき》な男の声が響いた。

「旦那様、とりあえず見るだけ見ましょう」

「無駄だって、早く帰って飲みなおそう！　な？　もうちょい酔えば寝られるから！」

ロニーと呼ばれた男の提案に応える「旦那様」とやらは、張りのある低音が耳に心地よいものの、ご機嫌な口ぶりからして、だいぶ酔っているようだ。

——酔った勢いで奴隷を買いに来るなんて……。

サラが思わず眉をひそめたところで、「ああ、もう！」と焦《じ》れたような叫びが響いた。

「そう言って、先月もその前も結局一睡もできなかったでしょうが！」

礼儀正しい口調から一転して、叱りつけるようなロニーの声に、パシンと肩か腕を叩《たた》くような音が続く。

「身体《からだ》が資本なのですから、体調管理はあなたの責務でもあるのですよ!?　ウダウダ言ってないで、さっさと見てきてください！」

「……わかったよ。行けばいいんだろう、行けば」

いかにも渋々といった返事が聞こえたかと思うと、コツコツと足音が階段を降りてくる。

——ずいぶんと距離が近いのね。

使用人と主人にしては親しみがありすぎるやりとりに、いったいどんな男が買いに来たのかと、身構えていたサラは毒気を抜かれたような心地になる。

それは他の女性も同じだったようで、張りつめた空気がわずかにゆるみ、降りてくる足音に混じって、そっと方々で息をつく気配がした。

つられたようにサラも息をつき、けれど、すぐに気を引きしめて居住まいを正す。

——買う気はなさそうだけれど……どうなるかしら。

ゆったりとした足音は一定の速度を保ったまま、一度も立ちどまることなく近付いてくる。

聞こえた会話からして、使用人の方が乗り気で主人の方はそうでもないのだろう。

「旦那様、真面目に探してくださいね！　お一人でいいので、どうにか選んでください！」

「……わかってるって」

階上からの叱責に、鬱陶しそうな声が答える。

その間も足音はとまらない。

「でも、仕方ないだろう」

溜め息まじりの呟《つぶや》きがすぐ近くで響いて、ついに足音の主がサラの牢の前に差しかかった。

「俺はこういうの……」

まず見えたのは黒い外套《がいとう》。裾から覗《のぞ》くのは同色のブーツとトラウザーズ。

ずいぶんと背が高く、衣服ごしでも一目で鍛えているのがわかる。

けれど、武骨というよりもしなやかといった印象を受ける、野生の獣めいた無駄のない体軀《たいく》だ。

——もしかしたら、騎士様かもしれない。

そう思いながら、サラが男の顔に視線を向けるのと、彼がこちらに目を向けるのは同時だった。

「無理なん――」

呟きが途切れ、男の足がとまる。

目深に被《かぶ》ったフードで口元しか見えないが、それでも、強い視線が注がれるのがわかった。

ひらいたままの男の唇が、ゆっくりと閉じる。

そうして、フラフラと近付いてくると、格子戸に身を寄せ覗きこみながら、もっとよく見ようとするようにフードをめくり上げた。

「……え」

パサリとフードが外れて、見えた相貌にサラは小さく息を呑《の》む。

年のころは二十代半ば、いや、もう少し若いだろうか。

襟足のあたりがスッキリした深い黒色の髪は艶やかではあるものの、ところどころ撥《は》ねている。

そんな無造作な髪とは対照的に、その顔立ちは、正《まさ》しく息を呑むほど凛々《りり》しく整っている。

けれど、それ以上に鮮烈な印象を受けるのは、その瞳。

大きくみひらかれた切れ長の目、その中で輝く瞳は、鮮やかな金色をしていた。

ヘーゼルでもアンバーでもない。

ランプの明かりしかない地下でさえ鮮やかにきらめく、イエローダイヤモンドのような混じり気のない金色。

サラが知っている限り、この国で、その色の目を持っているのは一人だけだ。

黒髪に金の瞳。野生の獣めいたしなやかな長身。

遠目に見かけたことしかないので顔立ちは定かではないが、おそらく間違いない。

——でも、どうしてこんなところに？

向こうもサラの素性に気付いて、同じ疑問を抱いたのかもしれない。

まばたきすら忘れたようにジッとこちらを見つめている。

意を決して呼びかけようとしたところで、ふと彼が唇をひらいた。

「……決めた」

「え？」

ポツリと聞こえた呟きは、サラの予想とは違うものだった。

「あんたがいい」

「えっ」

「えっ!?」

サラの声に被るように、階上から驚きと喜びに満ちた声が響く。

「決まりました!?　本当に!?　どなたに!?」

矢継ぎ早に問いながら駆けてくる足音。

スラリとした執事らしき装いの金髪の青年が現れ、晴れやかな顔で牢の中を覗きこんで、サラと目と目が合った瞬間。

え、と困惑したように眉をひそめ、呟いた。

「……どうして」と。

けれど、それにサラが反応するよりも早く、すぐさま視線を傍らの主人に向けて笑顔に戻る。

それから、「いやぁ、見つかってよろしゅうございましたね！」と主人の肩を叩いて言祝《ことほ》ぐと、若き執事は壁のベルに手をかけ、振り鳴らした。

＊＊＊

ベルを鳴らして十も数えぬうちにやってきた奴隷商が、サラの牢の鍵をあけるやいなや。

奴隷商を押しのけて格子戸をひらき、「旦那様」と呼ばれた男が入ってくる。

いそいそと近付いてきた彼が身をかがめ、「あ、あのっ」とサラが声を上げたときには、すでに横抱きに抱え上げられていた。

「きゃっ」

「はは、声まで可愛《かわい》い！」

上機嫌に笑いながら、ギュッと彼の胸に引き寄せられて、ふわりと香ったのは林檎《りんご》の果実めいた匂いと甘い酒精と石鹼《せっけん》の香り。

どうやら、今夜の彼のナイトキャップは、アップルブランデーだったらしい。

吐息がかかるほど近くで誰かの匂いを感じるのは、両親や乳母に甘やかされていた子供時代や、エリックが赤ん坊だったころ以来だ。

——でも、エリックとも、お父様とも違う匂い。

外套とおそらくはその下のシャツ越しに伝わってくる、逞《たくま》しい身体の感触もあいまって、思わずドキリと鼓動が跳ねたところで、スッと髪に口付けるように彼が顔を伏せてきた。

「……なぁ、香水つけてるか？」

「え？　い、いえ」

「……そうか」

庭園での催しだったので、花の香りの邪魔をしないように控えたのだが、どうしてそんなことを聞くのだろう。

戸惑うサラの耳をくすぐったのは、ジワリと甘さと熱を帯びた囁《ささや》きだった。

「じゃあ、これがあんたの匂いか……いいな」

「……っ」

まさかの言葉に、頬がほてるのを感じたそのとき。

「ふふ、よろしいでしょう？」

彼の肩越しに愉《たの》しげな奴隷商の声が響いた。

「旦那様はお目が高い！　そちらは本日、今夜、つい先ほど入荷したての品物でして！　新雪同然、男を知らぬ清らかな乙女でございますので、ぜひ、旦那様のお好みに染めあげ――」

「なんで知らないってわかる？」

上機嫌な奴隷商の口上を、地を這うような低音が遮った。

え、とサラが目をみはるのと同時に「は、はい？」とうろたえたように奴隷商が尋ね返す。

「おまえが確かめたのか？」

サラを抱く腕に力をこめつつ、奴隷商に問う男の声音は、先ほどまでの蕩《とろ》けかけの蜜めいた甘さも熱も消え失《う》せて、喉元に剣を突きつけるような冷たく鋭い響きを帯びていた。

――ど、どうしたのかしら、急に。酔ってらっしゃるから？

突然の変わりように戸惑っているのは、サラだけではないようで、奴隷商は「え、あ」と返答に詰まっているようだった。

「……い、いえ！　ご心配なく！　検品などしておりません！　確かなルートで仕入れましたので、純潔間違いなしと、そういう意味でございます！」

「……へえ」

「はい、さようでございます。ああ、ですが！　お試しになって違うようでしたら、後日お値引きさせていただきますし、ご返品も承り――」

「返すわけないだろうが」

「っ、さようでございますよね！」

またしても口上をザクリと遮られて、奴隷商の声が引きつる。

そっと肩越しに覗いてみると、奴隷商は怯《おび》えたようなまなざしで男を見ていた。

もしかしたら男の声だけでなく、視線や表情まで、怖いものになっているのかもしれない。

「服は？　まさか、この格好で身売りに来たわけじゃないよな？」

「あ、それは、買い取り手数料として回収させていただきまして……お返しするのは、む、難しいかと……」

引きつった愛想笑いで答える奴隷商に、男は舌打ちをひとつすると「なら、これ以上見るな」と返して、抱えたサラのシュミーズの裾をそっと引っぱり、半ば露《あら》わになっていた脚を隠した。

それから、サラと視線を合わせると、先ほどと同じようにトロリと甘く微笑《ほほえ》んだ。

「じゃあ、帰るか」

当然のように告げて、歩きだす。

「えっ、あ、お待ちください！　まだ色々手続きがございまして、それに奴隷の証《あかし》を――」

「待てない。帰る」

慌てたように呼びかける奴隷商の横を素通りし、男はサラを抱えたまま、格子戸をくぐって外に出てしまった。

そのまま足をとめることなく、チラリと執事に視線を送って、また前へと向きなおる。

「……はいはい、わかりました。必要な手続きは私がすませておきます。その後で適当に馬車か馬でも借りて帰りますので、お先にどうぞ」

呆《あき》れたように言いながらも、執事の口元も青い目も笑っている。

その目がサラへと向けられて、けれど、目と目が合う前に深々と頭を垂れる。

「では、お気をつけてお帰りください」

「ああ、後は頼む」

上機嫌な男の声が頭上で響き、しっかりと抱えなおされる。

そのまま階段を上がって扉をくぐり、サラは入ってわずか半時間後という異例の速さで、奴隷商の館を後にしたのだった。

＊　＊　＊

サラを横抱きにしたまま男が座席に腰を下ろし、馬車が動きだす。

速度が増すにつれて、馬車の揺れと、ふれあう場所から伝わってくる彼の体温と感触に、サラはひどく落ち着かない心地になる。

――買われたのよね、私……この方に。

わけもわからぬまま連れだされ、今になってようやく湧いてきた実感に小さく身を震わせると、男がもぞりと身じろいだ。

「どうした、寒いか？」

問いながら、まとった外套を広げ、サラごと包みこむように閉じなおす。

ふわりとした香りと温《ぬく》もりに包まれて、初めて、サラは自分の身体がすっかり冷えていたことに気付いた。

地下では気を張っていてわからなかったが、夏も近付く時季とはいえ、夜中にシュミーズ一枚で石造りの牢にいたのだ。当然だろう。

「……腕、冷たいな」

呟く声がして、温めるように腕をさすられる。

大きな手だ。骨ばった指の腹、手のひらは皮膚が硬くなっている。

──剣を握る手ね。やはり、この方は……。

そっと目線を上げれば、こちらを見ていた男と目が合う。

輝く金色の瞳。間近で見ると本当に美しい色だ。

──「噂《うわさ》」では狼《おおかみ》の目のようだと聞いていたけれど……。

どちらかというと狼が見上げた先にある、輝く満月のようだと感じる。

もしも、彼の正体がサラの予想通りだとしたら。

──奴隷を、それも性奴隷を買うような方だとは思わなかったわ。

内心、失望の呟きをこぼしたところで、ニコリと微笑まれた。

「……俺の顔、気に入った？」

「えっ」

予想外の問いにサラはパチリと目をみはり、それから頬が熱くなる。

そういうつもりで見ていたわけではないと言い返そうとして、それよりも早く彼が言葉を続ける。

「俺は気に入ったよ」

トロリと目を細め、酔ったような口調で。

「きれいな空色の目も、野イチゴっぽい唇も、バタークリームみたいなふわふわの可愛い髪も……ぜんぶ。あんたの顔も、匂いも、すごくいい」

甘く熱を帯びた囁きに、いっそうサラの頬がほてり、彼への失望の中に自己嫌悪が混ざる。

サラの方は彼の素性を察しているが、きっと彼は違う。

今日、初めて顔を合わせた見知らぬ女、いや、性奴隷だと思っているのだろう。

そんな会ったばかりの相手を金で買い上げ抱きしめながら、甘い台詞を囁いてしまえるような、軽薄でふしだらな人のはずなのに。

どうして胸が高鳴ってしまうのだろう。

――「誰も抱きたくもないし、買いたくもない」はずの私を、求めてもらえて嬉《うれ》しいから？

そうだとしたら、なんと浅ましく浅はかなのだろうか。

いたたまれなさに睫毛を伏せたところで、小さく彼が笑う気配がして、こめかみに口付けられ、またひとつ鼓動が跳ねてしまう。

「……ああ、名前がまだだったな。俺はレゼル。レゼルと呼んでくれ」

やはり、そうか。サラの予想は当たっていた。

――黒鉄《くろがね》騎士団長レゼル・ダシルヴァ。

それが彼の正体だ。

この国には二つの騎士団がある。レゼルが率いる「黒鉄騎士団」と、ヘンリーが率いる「白金《しろがね》騎士団」。それぞれの団員は「黒騎士」「白騎士」と呼ばれている。

といっても、元々、家を継げない貴族の子息に居場所を与えるために作られた「白金騎士団」の役目は、ヘンリーの近衛《このえ》という名のお守《も》りと式典などの花形要員で、国防の実務を担っているのは

「黒鉄騎士団」の方だ。

パレードなどの晴れやかな場で、きらびやかな装身具で飾られた白馬にまたがり、純白の騎士服をまとって、白手袋に包まれた手を振り、笑顔を振りまく。

そんな華やかな白騎士と違い、日々黙々と国境の警備にあたり、王都の治安を維持しつつ、各地で事が起これば昼夜を問わず駆けつける。それが黒騎士だ。

白金は美しいが、民にとってはながめるだけのもの。

日々の暮らしに溶けこみ、支えているのは黒鉄。

その黒騎士たちを束ねているのが、レゼルなのだ。

黒鉄騎士団の団員の多くが平民の出だが、彼もまたそうだった。

彼の母親は南のリドゥエル帝国の生まれだが、レゼルを身ごもっている時分にこの国に移り住んだという。

——確か、お父様は、彼が赤子のころに亡くなられたのよね……。

レゼルの母は女手ひとつで彼を育て上げ、彼が十五の年に黒鉄騎士団に入り、独り立ちしたのを見届けて儚《はかな》くなったと聞いている。

亡き母に恥じぬよう立派な騎士になると誓った彼は、数々の武功を上げ、ついに四年前。

わずか十九歳の若さで黒鉄騎士団の長に上りつめた。

そして、その翌年には東のオロティエラ王国との紛争で、ただ一人で国境の砦《とりで》に残り、数百の兵を退けたことから「黒の英雄」と呼ばれるようになった。

そんな彼のことを、ヘンリーは「しょせんは粗野な成り上がり者」と蔑んで、王宮や社交界から遠ざけていたため、サラも言葉を交わしたり、近くで顔を合わせたりする機会がなかった。

それでも、彼に対して、ひそかに敬意を抱いていたのだ。

生まれや育ちなど関係ない。

国のため民のため、その身を危険にさらして剣を振るう、「彼こそが本物の騎士」だと。

それなのに――。

「……ひとつ、聞いてもよろしいですか?」

「ん、なんだ?」

「どうして、奴隷を買おうと思われたのですか?」

静かに問うた途端、サラの髪に頬ずりをしていたレゼルの動きがとまる。

「ああ、それは……だな」

口元に浮かぶ笑みはそのまま、凛々しい眉をへにょりと下げて、レゼルは気まずそうに答えた。

「……本当は、買うつもりはなかったんだ」

「え?」

「こう見えて、俺は意外と身持ちが堅いんだよ。それはもうガチガチに。だから、遊びでとか無理だし、好きでもない女となんて、絶対ヤりたくないわけだ」

「は、はあ、そうなのですね」

「ああ、でも、そういうのが嫌いなわけじゃないぞ。実戦がゼロなだけで、女の抱き方はちゃんと知ってる。だって、いざというときに惚《ほ》れた女を喜ばせられないとか、最悪だろう？」

「はあ、さようでございますね」

意味のない相槌《あいづち》を返しながらも、サラは戸惑っていた。

――身持ちが堅い、ガチガチに。

閨教育では「男性は愛情や好意がなくても、そういうことができるから心配ない」と教わった。

好意がないと「絶対ヤりたくない」というのならば、確かに身持ちが堅いといえるだろう。

――それならばなおさら、どうして性奴隷なんて。

答えを乞うように見つめると、レゼルはまたトロリと目を細めて、サラの頰を撫《な》でた後、ゆるりとかぶりを振って続けた。

「……ダメだな、ちょっと見つめないでくれるか。話に集中できなそうだ」

「え？　は、はい」

慌てて目を伏せたところで、キュッと抱きしめられる。

「それでまあ、修道士みたいに慎《つつ》ましく生きていたわけだが……騎士になって、しばらくしたころから、月に一度くらい、なんていうか……収まりがつかない夜がくるようになって」

「収まりがつかない？」

「ああ。いくら身持ちが堅いと言っても俺も男だし、溜まるものもあるしな。それまでもそれなりに自分で処理したりもしてたんだが、月に一度の『それ』は度が過ぎてるというか……一晩中昂《たか》ぶって、眠れなくなるんだよ。それこそ発情期の雄猫みたいに」

顔をしかめながら告げられて、サラの頭に浮かんだのは飼い猫のスノーベルだった。

サラが生まれたときから一緒にいて、昨年旅立ったお姉さん猫は、真っ白でふわふわで、普段はとても優雅なレディなのに、盛りの時期には一晩中、悩ましげな声を上げていた。

ゴロゴロと絨毯《じゅうたん》の上で悶《もだ》えては盛大な鳴き声を上げる姿が、ひどく苦しそうに見えて、気の毒でいたたまれない気持ちになったものだ。

――飼い猫と一緒にしては失礼でしょうけれど……。

眠れないほどの衝動に悩まされるのは、猫でも人でも辛いのは同じだろう。

「……どうして、そのようなことになったのでしょう」

「さあ、どうしてか……仕事のストレスかもな。騎士になって、預かる命も奪う命も増えたから」

軽い口調で言いながらも、その奥にはズシリと重たい何かが感じられた。

彼が騎士になったのは十五歳のとき。その年から前線で活躍していたと聞いている。

――まだ少年といってもいい年齢で、命のやり取りをしていたのですもの。

それは、心に負担がかかって当然だろう。

「まあ、だから、そのうち仕事に慣れれば落ちつくだろうと思っていたんだが……」

「落ちつかなかったのですね」

「ああ」

レゼルは眉をひそめて頷《うなず》くと、サラの髪に指を潜《くぐ》らせながら、「ぜんぜんダメだった」と溜め息まじりに続けた。

「年々ひどくなるばかりで、それでもどうにか一人でやり過ごしていたのに……去年、うっかり、お節介なやつに知られちまって」

「お節介……もしや、先ほど一緒にいらっしゃった？」

「そう、うちの執事だよ」

レゼルが何度目かの国境上の紛争を鎮めて、その褒美として伯爵位を賜ったのは一昨年。つまり、同じ屋敷で暮らしながら、一年間は隠し通していたということになる。

――本当に、意志がお強いのね。

サラは感心しつつ、次の言葉を待つ。

「あいつ、『どうして隠していたのですか！』って怒って、散々説教してきて……なあ、執事ってああいうんじゃないよな？　もっと、主《あるじ》を敬うものじゃないのか？」

「それは……使用人と主人の関係性は屋敷によって様々かと」

「そういうものか……？」

レゼルは納得がいかなそうに首を傾《かし》げてから、「まあいい」と本題に戻った。

「それで罰として、まあ、なんで罰なんだって話だが……とにかく、『一人で処理するのにも限界があるでしょうから』って、娼館に連れていかれたんだよ。部屋に入るなり、一番人気だって娼婦が『好きにしていい』って迫ってきて……」

そのときのことを思いだしたのか、グッと眉間に皺《しわ》を寄せて、彼は続ける。

「勃《た》たなかった」

「えっ？」

「一切、反応しなかった」

キッパリハッキリと告げられて、サラはたじろぐ。

「え、あの、ですが、昂ぶりで悩んでいらしたのでは？」

「まあ、身体は昂ぶっていても心は拒んでいたんだろうな。つまり、俺は好きでもない女を、遊び半分で抱けるような男じゃないってことだ！」

うろたえつつ尋ねるサラに、レゼルは眉をひそめたまま、けれど、どこか誇らしそうに答えて、それから一転して渋い顔になる。

「それで、一度はあいつも納得して引き下がったんだが……」

以後も自分で処理していたものの、月を重ねるごとに衝動は強まるばかりで、ついに月に一度のその夜に、一睡もできなくなったのだという。

「今日も何度か抜いたんだが、ぜんぜん鎮まらなくて。いい加減うんざりして、ついついポロッと言っちまったんだよ……『もういっそ、去勢したい』って」

「えっ!?」

「それで、無理にでも女をあてがおうと思ったんだろうな」

さんざん酒を飲まされ、できあがったところで馬車に乗せられて、奴隷商の館に連れてこられたということらしい。

「……そういうご事情だったのですね」

酔わせて連れてきたというのはどうかと思うものの、苦しむ主人をどうにか助けたいという執事の気持ちは理解できる。

――私ったら、何も知らないくせに勝手に失望して……。

自分の浅はかさを恥じ、謝ろうと顔を上げかけたところで、いっそう強く抱きしめられる。

「あの、レゼル様？」

「レゼルでいい」

むしろそれ以外の呼び方は認めないというように、キッパリと告げられ、サラは一瞬のためらいの後、従った。

「……レゼル」

ただの確認作業めいた呼びかけに、レゼルは満足げに喉を鳴らすと「うん、いいな」と呟いた。

「それで、最初に言ったが、奴隷を買うつもりはなかったんだ」

「……確かに、そうおっしゃっていましたね」

では、どうして今、サラはここにいるのだろう。

「ロニーは『さわってもいい、さわられてもいいと思える相手なら、誰でもいいですから』なんて言っていたが、そんな気になれる相手が、そう簡単に見つかるわけないと思ってた……でも」

そっと口をつぐんだレゼルが、サラの頬にふれて顔を上向かせる。

そして、金色の目に甘やかな熱を湛《たた》えて見つめながら、サラの疑問の答えを口にした。

「……あんたを見たら、どうしても欲しくなったんだ」

サラは何も言えなかった。

金色の瞳とまっすぐな言葉に射貫《いぬ》かれたように、身じろぎひとつできぬまま、彼を見つめかえすことしかできない。

トクトクと鼓動が高鳴り、頬が熱を帯びていく。

――「どうしても欲しくなった」だなんて……。

彼の事情を知った今、先ほどのような失望や自己嫌悪は湧いてこない。

遊び半分ではなく、長年の苦しみから解放されるためにサラを買ったのだと思えば、彼に求められても、それに応じるように鼓動が跳ねても、悪いことではないと思えたから。

けれど、それでもやはり恥ずかしいことは恥ずかしくて、どう返していいのかわからない。

「……俺に買われたの、嫌か？」

眉を寄せながら問われ、サラはためらい、けれど、ゆるりと首を横に振った。

「いえ、嫌ではありません。あなたのお役に立てるのなら……嬉しい、と思います」

「そっか」

ふわりと目を細め、それこそ嬉しそうに笑うレゼルに、またひとつサラの鼓動が跳ねる。

いっそう頬が熱くなり、そっと俯《うつむ》いたところで、ああ、と嘆息めいた溜め息が聞こえて。

「……じゃあ、早速で悪いんだが、役に立ってくれるか？」

いっそう熱を増した囁きが耳をくすぐり、え、と顔を上げると同時に、頬をかすめたレゼルの手がサラのうなじを捕らえ、次の瞬間、彼に唇を奪われていた。

「っ、ん、ふ、……んんっ」

それは、閨教育で習った「閨の導入」としての気分を盛り上げる挨拶的なものとも、恋愛小説で読んだ「二人は幸せなキスをして」的な可愛らしいものとも違っていた。

食らいつくような口付け、とはこういうことをいうのだろう。

唇を食《は》まれたと思うと強く押しつけられて、離れたと思いきや、また食まれる。

くりかえすうちに胸が苦しくなって、はあ、と大きく息をついたところで、ひらいた唇の隙間をチロリとなぞった彼の舌が、その奥へと潜りこんでくる。

「ぁっ、んん、ふぁ……んっ」

たちまち搦《から》めとられた舌と舌がこすれあい、濡《ぬ》れた水音が口内で反響しだして、途方もない羞恥と、ふれあう箇所から響く未知の刺激に、サラは小さく身を震わせる。

――なに、これ……変だわ。

むず痒《がゆ》いような、くすぐったいような、どこか甘やかで不思議な感覚。

頭がぽうっとしてくるのは、彼の舌に残るアップルブランデーのせいだろうか。

いよいよサラの息が限界になったところで、ちゅぴりと音を立てて口付けがほどけた。

はあはあと肩で息をしながら、そっと目をあけて彼を見ると、二人の舌の間に、つ、と伸びた銀の糸を舐《な》めとるところだった。

その仕草とうっとりと目を細めた表情がやけに艶《なま》めかしく、コクンと太い喉が動くのに、トクンとサラの鼓動が跳ねる。

――頬が熱い。

酸欠と羞恥とたぶん他の何かで、きっと林檎のように真っ赤になっていることだろう。

気恥ずかしさに俯こうとして、けれど、くいと顎をすくわれ阻まれる。

「……ぁ」

パチパチとまたたく目を覗きこむように見つめられ、せめてと目をつむったところで、また唇を食まれた。

そうして、今度はじっくりと互いの体温をなじませるように、ただゆっくりと重ねて離れた後、ふ、と彼がこぼした吐息がサラの唇をくすぐる。

「んっ」

そのささやかな刺激にすら反応してしまい、ビクリと肩を跳ねさせると、サラの腰に回ったままだったレゼルの腕に力がこもった。

ぐいと引き寄せられ、いっそう二人の身体が密着して、あ、とサラは目をみはる。

――これ、お尻に当たっているのって……。

豪奢《ごうしゃ》なドレスを着ていたなら、わからなかっただろう。

けれど、リネンのシュミーズ一枚の今ならば、わかってしまう。

ふれあう彼の下肢、股間のあたりが硬く隆起していることが。

――娼館では……勃たなかったと言っていたのに。

サラでは勃つのだ。「抱きたい」と感じているのだ。

そう、言葉にせずともハッキリと示されたようで。

——ああ、もう、顔から火が出そう……！

羞恥に耐えかね、両手で顔を覆ったところで、タイミングよく馬車が速度を落としはじめた。

「……ああ、着いたな」

ゆっくりと馬車がとまり、レゼルが名残惜しそうに呟く。

「もう少し二人きりがよかったんだが……まあ、場所を移せばいいだけか」

そんな囁きが頭上で聞こえたところで、ガチャリと客車の扉がひらく。

そして、吹きこむ爽やかな夜風に飛びこむように、サラはレゼルに抱えられたまま馬車を降り、彼の屋敷に連れこまれた。


玄関ホールを通り抜け、階段を上がって、彼は廊下を弾むような足取りで進んでいく。

やがて突きあたりの部屋の前で足をとめると、彼はサラを片腕で抱えなおし、ノブをひねって扉をあけ、室内へと入った。

屋敷の主人の部屋なのだろう。

広々とした室内は、落ちついた赤色を基調とした家具で統一されている。

ゆっくり見回す間もなく、レゼルに抱えなおされ、サラの意識は彼へと戻る。

レゼルはサラを両腕で抱えたまま、メダリオン柄の絨毯を踏みしめ、部屋の奥、深緋《こきひ》色の天蓋を戴《いただ》く寝台を目指して進んでいく。

まっすぐにそこに向かうということは、そういう意味だろう。

覚悟はできたはずなのに、サラの胸がドキドキと早鐘を打ちはじめる。

やがて寝台に辿《たど》りつき、そっと敷き布の上に下ろされた後、外套とブーツを脱ぎ捨てたレゼルが上がってくる。

「……っ」

ギシリと寝台が軋《きし》み、トンと彼が顔の横に手をついて、翳《かげ》る視界にサラは小さく息を呑む。

ジッとこちらを見下ろす金の瞳には、甘やかな熱が揺れている。

——このまま……抱かれるのかしら。

怖くないといえば嘘《うそ》になる。戸惑いもないとはいえない。

けれど嫌かと聞かれれば、そうでもなかった。

ただ、この身を差しだすだけでレゼルの苦しみを癒せるなら、新たな務めを果たせるのならば。

——今度こそ、与えられた役割を果たしたい。

彼が身をかがめ、凜々しい美貌が近付いてくる。

サラは覚悟を決めてキュッと目をつむり、怖気《おじけ》づいて震える身体をなだめるように、ふうっと息をつく。

やがて、馴染《なじ》みつつある感触が唇にふれ、ゆっくりと深く口付けられて、離れて。

ドサリ、と傍らに彼が横たわる気配がした。

「……え」

パチリと目をひらいたところで、ひょいと引き寄せられる。

そうしてぬいぐるみにするように、彼の腕の中に抱えこまれて、スリリとつむじに頬をすりよせられた。

「あの、レゼル？」

「……何度か抜いといてよかったな」

「え？」

「俺さ、好きなものは一気に食べないで、取っておく主義なんだよ。美味《おい》しいものほど特に……」

そう言ってレゼルは喉を鳴らすように楽しげに笑うと、戸惑うサラに囁いた。

「……だから、続きはまた、な」

とびきり甘く、誘うような声で。

サラはパチパチと目をまたたき、彼の言葉の意味を理解したところで、ジワリと頬を染めつつ、そっと安堵《あんど》の息をつく。

――そう、今日は最後までしないのね。

本当にそんな子供じみた理由なのか。

それとも、キスだけで翻弄されているサラの様子を見て、気遣ってくれたのか。

真相はわからないが、それでも、サラは感謝の気持ちをこめて頭を垂れるように、彼の胸に額をつけて答えた。

「……はい。続きはまた」

「うん。じゃあ、おやすみ」

「はい、おやすみなさい」

そっと言葉を交わして、目蓋を閉じて。

とうてい今夜は寝られないだろうと思っていたのに。

彼の温もりに包まれ、力強い鼓動を聞くとはなしに聞いているうちに、気付けばサラは穏やかな眠りへと落ちていた。

＊　＊　＊

翌朝、名状しがたい悲鳴が聞こえた気がして、サラは目を覚ました。

「……ん」

ゆっくりと目蓋をひらき、ぼやけた視界の焦点が合って見えたのは、寝台の隅で身を縮めるようにしてこちらを見つめるレゼルの姿だった。

その表情はひどく戸惑っているようにも、焦っているようにも見える。

「……おはようございます、レゼル」

どうしたのだろうと思いつつ、ひとまず声をかけると、彼はビクリと肩を揺らして、それから、敷き布の上で膝を正して座りなおすと、意を決したように口をひらいた。

「……悪い、誰だか聞いていいか？」

「え？」

サラはパチリと目をみはり、それから、ああ、と頷く。

そういえば、昨夜は名乗らなかった。

「もうしおくれました。私、サラと――」

「もうしおくれました!?」

愕然《がくぜん》とした表情でレゼルが叫ぶ。

「俺、名前も聞かなかったのか!?」

「はい？」

「最低にもほどがあるだろう……！」

呻《うめ》くように言いながら、両手で顔を覆い、ガックリと背を丸めて敷き布にうなだれる。

猫のスノーベルがこういうポーズで寝ているのを見たことがあるが、あれはなんといったか。

――「ごめん寝」とエリックは呼んでいたわね。

本当にいったいどうしたのだろう。

戸惑いつつ、顔を上げてもらおうと手を伸ばしたところで、「なあ」と呼びかけられる。

「はい、なんでしょうか」

「俺、あんたをさらってきたわけじゃ……さすがにないよな？」

おそるおそるといった様子で彼が口にした、予想外の問いに「え？」とサラは目をまたたかせ、
それから、ようやく思い至った。

「もしや、昨夜のこと……」

「……覚えておりません」

なぜか謙譲語で答えた後、レゼルは、ごめん寝から本格的な土下座の体勢になる。

「悪い。俺、飲み過ぎると記憶が飛ぶんだよ……本当にもうしわけない！」

「そんな、お顔を上げてください！　謝っていただく必要はありませんわ！」

ふるふるとかぶりを振り、サラは微笑む。

「さらわれたわけでも、襲われたわけでもありませんから。きちんと買っていただき――」

「買った!?」

驚愕《きょうがく》の声を上げて、レゼルが跳ね起きる。

「どこで!?」

「え、あの、奴隷商の館で」

「奴隷商!?　ということは、あんた奴隷なのか!?」

「はい……性奴隷です」

「性奴隷!?」

オウム返しに叫んだ後、レゼルは再度ごめん寝体勢に戻って、呻きはじめる。

どうやら彼の中で、何かが許容量を超えてしまったようだ。

「……嘘だろ、俺……酔っぱらって性奴隷って……性欲処理のために女を買うって……そんなことできる男だったのか……」

ブツブツとこぼす呟きは自己嫌悪にまみれていて、サラは慌てて彼の肩に手をかけ、慰めるように声をかけた。

「それだけお辛かったということでしょう？　きちんとご事情はお話しいただけましたし、それに、物のように扱われたりなどはしておりませんから！」

「……でも、ヤったんだよな？」

「ヤっ!?　い、いえ、大丈夫です！　ヤってはおりませんわ！」

「……本当に？」

チラリと上目遣いに見上げてくるレゼルに、サラはしっかりと頷いて返す。

「本当です」

「嘘だ」

「え？」

再び顔を伏せて、唸《うな》るように彼は言う。

「だって、あんたみたいな、『可愛いの塊』みたいな女を買っておいて、なんにもしないわけないだろうが……！」

「可愛いの塊!?」

不意打ちの褒め言葉にポッと頬が熱くなるが、照れている場合ではない。

「た、確かに、何もなかったわけではありませんが、口付けだけです！」

「口付けだけ……」

「はい、それ以上のことはされておりませんわ！」

抱きしめられたし、ちょっぴり不埒《ふらち》なものを押しつけられたりもしたが、あれは勘定に入れずともいいだろう。

キッパリと言いきるサラの顔を、なおも疑わしげにうかがうレゼルに、サラはニコリと微笑んで告げた。

「……言ってらっしゃいましたよ。『好きなものは一気に食べないで、取っておく主義』だと」

だから、本当に口付けしかされていないのだと続けようとしたそのとき。

「ああ、そういえばそうでしたね」

聞き覚えのある若々しい声が耳に届いてハッと振り向くと、レゼルの執事、ロニーが銀の盆を手に扉の前に立っていた。

「……ずいぶんと気に入ってらっしゃったので、勢いでお抱きになるかと思いましたが、どうやら気に入りすぎてしまったようですね」

溜め息まじりにぼやきつつ、甘く整った顔を残念そうにしかめる。

「……おまえなぁ」

むくりと身を起こしたレゼルが睨《にら》むが、ロニーは気にした様子もなく近付いてくると、手にした盆に置かれた何かを取り上げた。

「……それ」

「奴隷の証です」

ほっそりとした指が摘《つ》まんでいるのは、金色に輝くアンクレット。

シンプルなリング状に見えるが、パカリと左右にひらいて閉じて、錠付きの金具で留められるようになっているのだ。

鍵を管理するのは、もちろん奴隷の所有者で、アンクレットにはその名が刻まれている。

ロニーが持つそれには「レゼル・ダシルヴァ」と記されているはずだ。

「……いらん、捨ててこい」

当の持ち主の言葉に、ロニーが眉を寄せる。

「……はい？」

「俺は奴隷なんていらない。売るなり捨てるなり好きに……ああ、いや、やっぱりよこせ」

「はい、どうぞ」

レゼルはアンクレットを受けとると、サラの手を取り、その手のひらにアンクレットを置いた。

「これはあんたの好きにしてくれ」

神妙な表情で告げられ、サラは「え？」と目をみはる。

「これで足りなければ相談に乗る。だから、送ってやるから家に帰れ、サラ」

「そんな……！」

いただけませんと言い返そうとしたところで、ロニーの呆れたような溜め息が響く。

「今さら帰れないと思いますよ」

「は？　どういう意味だ？」

「貴族の令嬢が一度性奴隷に堕ちて、おめおめと家に帰れるはずないではありませんか」

「……待てロニー、おまえ、サラがどこの誰か知っているのか？」

いぶかしげに眉をひそめるレゼルに、ロニーは小さく頷いた。

「ヘンリー殿下の婚約者……であらせられた、オネソイル公爵家のご息女でしょう？　前のお屋敷にいた時分に、夜会でお見かけしたことがございますので」

「……は？」

サラリと告げられて、レゼルのこめかみに青すじが浮き上がる。

「はぁ!?　気付いてて俺に買わせたのか!?」

「売りものを買ってなんの問題が？　ああして売られていた以上は、なんらかのご事情で身を持ち崩されたのでしょうし、あなたよりもまともな買い手に出会えるとは思いません。それに……」

「それに、なんだよ？」

「せっかくあなたが抱けそうな女性が見つかったので、この機を逃したくなかったものですから」

「おまえなぁ……！」

悪びれる様子もないロニーの言葉にいきりたったレゼルが、寝台から飛び下り、ロニーの胸倉をつかみ上げる。

「事情があると思ったなら、そのとき言えよ！　そうしたら、俺だって控えただろうに！　口付けだけですんだからいいものの、襲って怪我《けが》でもさせたらどうするつもりだったんだ!?」

「っ、いや、なさらないでしょう、そんなこと」

「わからないだろう！　これだけ可愛いんだぞ!?　理性ブチ切れて襲うかもしれないだろうが！」

「あっ、あの！」

ギリギリと絞めあげられたロニーのつま先が、床から浮きそうになったところで、サラは慌ててとめに入った。

「おやめください、ロニー様のおっしゃる――」

「こいつに様なんてつけなくていい！　敬いの言葉もいらん！」

「は、はい！」

反射のように返事してから、サラはあらためてレゼルに告げた。

「ロニーの言うとおり、商品として売られていたものを買っただけですから……あなたは何も悪くありません。謝っていただく必要はありませんわ」

そう言って微笑むと、レゼルは怒り顔から一転、シュンと眉を下げた。

「そうか……そうだな。あんたも覚悟を決めて、身を売ったわけだし……わかった。もう謝らない。でも、なんでまた奴隷になんてなったんだ？」

痛ましげに問われて、サラは迷う。正直に言うべきかどうか。

レゼルの気性からして、きっとヘンリーたちの所業に、ひどく憤るはずだ。

ただでさえヘンリーに疎まれている彼に、これ以上対立を深めて、嫌な思いをしてほしくない。

――下手に巻きこみたくないけれど……でも、嘘をつくのも不誠実よね。

少しの間悩んでから、サラは真実を話すことにした。

そして、すべてを語りおえた後、彼が必要以上に思い悩まなくてすむように言いそえた。

「……納得した上で、罪を被ったのです。ですから、どうかお気になさらないでください。政争で負けたものはすべてを失う。社交界ではよくあることですわ」と。

笑顔でしめくくると、レゼルは眉間に深い深い皺をよせ、心底嫌そうな顔をして言った。

「これだから、貴族ってやつは……！」

そう吐き捨てる声に滲む怒りは、ヘンリーやリフモルド侯爵に対してだけでなく、彼らの所業を笑って受け入れるサラへのものも含まれているのだろう。

——嫌われて、いいえ、呆れられてしまったかしら……。

いたたまれなさに睫毛を伏せれば、はあ、と彼が溜め息をこぼす気配がした。

「……事情はわかった。だが、受け入れるかどうかは別だ」

「え？」

聞こえた呟きにサラが顔を上げると、レゼルは眉を寄せたまま怒ったような表情で続けた。

「俺は貴族じゃない。罪もないやつが、何もかも奪われて当然だなんて思えない。だから、あんたを奴隷のままにしておきたくない」

濁りのない言葉とまなざしで告げられ、サラは胸を打たれたような心地になる。

——本当に、まっすぐな方……。

この人に買われて良かった。

そう思いながらも、だからこそ、甘えたくないとも思う。

――甘えていいような金額ではないはずだわ。

たとえ、レゼルの善意を無下にすることになったとしても。

「……お気持ちだけ、ありがたくちょうだいいたします」

矜持《きょうじ》を示してくれた彼に、サラだって応えたい。

「あなたの払ったお金は、元をただせば民の納めた税です。買っていただいたからには、私には、その金額に見合う働きをする義務があります。ですから、務めを果たさせてください」

しっかりと彼の目を見つめてアンクレットを差しだすと、レゼルはスッと目を細めた。

「……施しは受けたくないって？　ずいぶんと誇り高いことだ。良くも悪くも、貴族なんだな」

皮肉っぽく言い、それから、表情を引きしめてサラを見すえる。

「強がるのもいい加減にしろ。務めを果たす？　性奴隷の務めが何かわかって言ってるのか？」

「はい」

視線の鋭さにたじろぎながらも、サラはしっかりと頷いた。

「……昨夜、少しですが体験しましたので」

そう答えた途端、レゼルはあからさまに視線を泳がせる。

けれど、すぐにまたキュッと表情を引きしめてサラを睨むと、お説教に戻った。

「体験したならわかるよな？　昨日よりもっと嫌なこと、されるかもしれないんだぞ。これ以上、嫌な目に遭いたくないだろう？　俺だって、遭わせたくない」

痛ましげに眉をひそめながら諭され、サラは反射のように答える。

「そんな、嫌ではありません――ぁ」

嫌な目になんて遭わされていないから、自分を責めたりしないでほしい。

そう伝えたかったはずなのに。

口に出してみると、思っていたのとは違う、なんとも大胆な意味に聞こえてしまう。

それでも、今さら否定もできず、サラは頬が赤らむのを感じながら続けた。

「嫌ではありませんでしたので……大丈夫ですわ」

「っ、……なんだよ、それ」

ポツリと呟くレゼルの目元は、サラのほてりが移ったようにジワリと染まっている。

張りつめた空気から一転。

なんともいえない空気になったところで、コホンとロニーが咳払《せきばら》いをした。

「……では、こうしましょう。ひとまず、サラ様にはレゼル様の性奴隷として、この屋敷に住んでいただきます」

「おい、待て、勝手に決めるな！」

声を荒らげるレゼルを、ロニーは軽くいなす。

「ですが、追いだすのもお気の毒でしょう？　貴族の令嬢が市井に放りだされて、生きていけるとでも？　かといってご実家に戻れば、ヘンリー殿下の不興を買って、ご家族に危害が及ぶやもしれません。矜持がおありなのはけっこうですが、現実を見ていただかないと！」

「それは……」

「何よりご本人が『嫌ではありません』と、ここにいたいとおっしゃっているのですよ？　応えてやるのが男というものではありませんか？」

懇々と詰められ、レゼルはこれ以上ないほど深く眉間に皺を寄せていたが、やがて、大きく溜め息をついて頷いた。

「わかった。たしかに、ロニーの言う通りだ……サラ、奴隷の務め云々《うんぬん》は置いておいて、しばらくここにいるといい」

「っ、はい！」

サラは姿勢を正して答え、礼の言葉を口にしようとしたところで「ただし」と遮られる。

「手紙くらいは書けよ」

「え？」

パチリと目をみはるサラの肩に、そっと手を乗せ、レゼルは眉を下げる。

「自分一人で罪を被ってまで守るくらいだ。家族と仲が悪いわけじゃないんだろう？　なら、無事だってことだけでも知らせてやれ」

苦笑まじりに促されて、サラは一瞬言葉に詰まる。

「……よろしいのですか？」

「ああ。こっそり夜中にでも置いてくるから」

なるべく早く書け——と、やさしく命じられ、ジンワリと胸と目の奥が熱くなるのを感じながら、サラはニコリと笑って答えた。

「……はい、ありがとうございます！」

そして、あらためて思ったのだった。

私を買ってくれたのが、この人でよかった——と。

第三章 ✦ 色っぽいブラッシングとは？

話がすんで、ひとまず何か着るものをということで、メイドのお仕着せ用の黒いドレスを借りることとなった。

その後、本物のメイドが運んできた朝食を、窓辺のテーブルでレゼルと向かいあって食べていると、一度出ていったロニーが戻ってきて、レゼルに耳打ちをした。

「……わかった」

レゼルは眉をひそめて答えるやいなや、ふんわりバターが香るスクランブルエッグを載せたトーストの残りを口に押しこみ、オレンジの果実水の入ったグラスを一気に呷《あお》って、立ち上がった。

「悪いが仕事だ。屋敷の案内はロニーにしてもらってくれ」

ロニーの差しだす騎士服の上着を受けとり、袖を通しながら告げる。

「はい、ありがとうございます。では、お見送りを！」

サラも慌てて立ち上がろうとしたところで、「いい」と手で制される。

「ですが……」

「豪華とはいえないが、なかなかに美味《うま》いだろう？　せめてサラは味わってやってくれ。食べ足りなかったら、遠慮せずおかわりしていいからな」

二列に並んだ金色のボタンをとめながら、レゼルはニッと笑い、上着の裾をひるがえす。

「ああ、出迎えもいらないぞ。何時になるかわからんから、気にせず寝てくれ！」

「は、はい、いってらっしゃいませ！」

遠ざかる背中に慌てて声をかけながら、サラは心の中で呟《つぶや》いた。

——こういうことがあるから、寝るときもあの姿なのね。

寝衣《ねまき》ではなく、シャツにトラウザーズという格好なのはどうしてなのか。

不思議に思っていたが、こうしてすぐに出かけられるように備えているのだろう。

パタンと扉が閉まったところで、ロニーが口をひらく。

「……慌ただしくてもうしわけありません。ちょっとした揉《も》め事《ごと》が起こりまして……旦那様に出ていただいた方が、被害が最小限ですむものですから」

「いいえ、謝っていただくようなことではありませんわ」

ゆるゆると首を横に振り、サラは「ですが」と眉を下げる。

「このようなことは多いのですか？」

「……少なくはありません。ヘンリー殿下が頼りにしてくださるおかげで、黒鉄《くろがね》騎士団は担う役目が多うございますから……それに、旦那様は率先して矢面に立たれる方ですので、優雅に休んでばかりはいられないのです」

チクリと棘《とげ》を含んだ答えに、サラは思わず睫毛《まつげ》を伏せてしまう。

「それは……大変ですが、ご立派ですわね」

貴き白騎士に泥臭い、血なまぐさい仕事は似合わない。

そうヘンリーが主張するせいで、黒騎士たちが担う、いや、押しつけられている仕事は幅広く、数も多い。

国境上の争いや山間部での盗賊討伐、獣害の対処、市中の喧嘩《けんか》の仲裁まで。

それでいて、黒鉄騎士団の活躍のせいで、自分の騎士団が「ままごと騎士団」「お飾り騎士団」と呼ばれていることに、ヘンリーはいつも苛立《いらだ》っていた。

彼は黒騎士たちをまんべんなく嫌っているが、その長であるレゼルのことを格別疎み、軽んじ、憎んでいる。

だが皮肉なことに、レゼルを「英雄」にまで押し上げたのは、彼を誰よりも嫌っていたヘンリーだった。

一昨年、東のオロティエラ王国との紛争で、レゼルが一人国境の砦《とりで》に残ったのは、ヘンリーが「砦を捨てて王都の守備に徹しろ」と命じたからだ。

砦にも、その周りにも暮らす民がいるにもかかわらず、見捨てて自分のいる場所を守れと。

レゼルが拒むと、ヘンリーは「ならば、おまえだけなら残ってもいい」と言いだした。

「命令に背くなら、そこで討ち死にしろ」と言わんばかりだが、レゼルは残った。

それを聞いた者たちの多くは、ヘンリーの横暴に眉をひそめ、レゼルの勇気や騎士としての矜持《きょうじ》を称《たた》えながらも、皆、彼の死を覚悟した。

心ある貴族が、少しでもレゼルが時間を稼いでくれるうちに戦力を整え、彼の援護に向かおうと議会で訴え、ヘンリーがあれこれと理由をつけて拒んでいる間に、一日が過ぎ、二日が過ぎて――。

もう間に合わないと誰もが諦めかけた、三日目。

レゼルの訃報を待っていたヘンリーのもとに届いたのは、「レゼルがすべての敵を退けた」という報告だったというわけだ。

——あのときは、ずいぶん荒れてらっしゃったわね。

皆が口々にレゼルの偉業を称えるものだから、サラはもちろん、侍従や女官、廷臣にまで当たり散らして、手が付けられなかったものだ。

——私が婚約者として、もっとしっかりしていれば……。

今でも黒騎士たち、ひいてはレゼルが必要以上に忙しく、苦労をしている責任の一端は、サラにもあるだろう。

恥じ入るように黙りこむサラを、ロニーはしばしジッと見つめてから、ニッコリと微笑《ほほえ》んだ。

「……そう大変なのですよ。ですから、サラ様が労《いたわ》ってさしあげてくださいね」

「え？」

「お役目を果たされてください。旦那様はあんな風に強がってらっしゃいましたが、本当はお辛《つら》いのですよ。とはいえ、旦那様のご気性からして、ご自分から手を出そうとはなさらないでしょう。ですからどうか、サラ様の方から、一歩を踏みだしていただきたいのです」

お願いの形を取っているものの、ロニーのまなざしにも笑みにも「断ったりはしませんよね？」という無言の圧がこもっている。

「……そうですわね。しっかりと自分の務めを果たしたいと思います」

わざわざ言われなくとも、そうするつもりだった。

そんな気持ちをこめて微笑んで返すと、ロニーは満足そうに頷《うなず》いて「では、朝食がおすみになりましたら、屋敷をご案内いたします」と続けたのだった。

＊＊＊

三階建ての屋敷は、広さこそさほどないものの、隅々まで手入れが行き届いていた。

窓ガラスは曇りひとつなく、こぢんまりとした前庭も芝生がきれいに刈りこまれ、屋敷の裏手の庭の花たちも丁寧に世話をされているのが伝わってくる。

――良い家だわ。

決して豪勢ではないが、屋敷に漂う空気感が温かく清々《すがすが》しい。

サラの生家もそうだった。

決して裕福ではないが、使用人たちが伸び伸びと過ごしていて、笑顔の絶えない家だった。

――ここの使用人も、皆笑顔ね。

すれ違う使用人たちに、ロニーはサラのことを「旦那様の支えとなってくださる方です」と紹介してくれた。

目ざとい者はもしかしたら、ドレスの裾から覗《のぞ》くアンクレットに気付いたかもしれない。

それでも皆、「そうなのですね！　どうか、旦那様をよろしくお願いいたします！」と好意的な反応を示してくれて、ホッとしたものだ。

――ただ……どうして怪我《けが》をしている方が多いのかしら？

右足を引きずっている御者や、片眼《かため》に眼帯をした庭師。

美味《おい》しい朝食を作ってくれた料理人は、左手の指が二本なかった。

二人いる従僕もまだ若いのに腕が肩よりも高く上げられなかったり、階段を上がりながら途中で胸を押さえたりしていた。

三人のメイドや洗濯婦は怪我こそないが、皆、サラの母親よりも年嵩《としかさ》で、一人は孫がいるという。

長年勤めた他家から移ってきたのだろうか。

不思議に思いながら屋敷を巡りおえて、最後に通されたのは元いた部屋――屋敷の主人の居室――の隣、レゼルの部屋と内扉でつながった一室だった。

クリーム色の地に蔓薔薇《つるばら》模様が描かれた壁に、同じくクリーム色と淡い薔薇色を基調とした家具とカーテンでそろえた室内は、暖かく明るい印象を受ける。

「……こちらがサラ様のお部屋です」

ロニーの言葉に、サラは一呼吸の間を置いて尋ねた。

「本当に、この部屋でよろしいのですか？」

屋敷の主人の部屋と内扉でつながっているということは、ここは屋敷の女主人、つまりは奥方が住まう場所のはずだ。

そのような場所を性奴隷などに使わせては、後々嫁いでくる夫人が気の毒ではないだろうか。

そう伝えると、ロニーは苦笑を浮かべて答えた。

「サラ様はおやさしいですね。ですが、お願いするお役目を思えば、ここが一番便利なのです」

「便利」

「はい。あの内扉はですね、こちら側からは鍵をかけられますが、旦那様の方からは鍵をかけられないようになっているのです」

「そうなのですか？」

「はい。この屋敷の前の主人が『ご婦人の誘いを断るのは紳士の名折れ』というお考えの方だったそうでして」

妻の側からは拒めても、夫は妻の夜這《よば》いを拒めぬように、このような仕様になったらしい。

「……色々なお考えの方がいるものですわね」

「はい。そういうわけでして、この部屋をお使いいただきたいのです」

サラの方から一歩を踏みだすため、もっとハッキリと言ってしまえば夜這いをかけるために。

「……わかりました。では、お言葉に甘えて、こちらを使わせていただきます」

レゼルの苦しみを和らげるためだ。

——未来の奥様にはもうしわけないけれど……我慢していただくほかないわ。

そう自分を納得させると、サラは内扉を見つめて、早速今夜から始めようと決意したのだった。

＊　＊　＊

そう、決意をしたのだが……。

思った以上に、本当に思った以上に、レゼルのガードは堅かったのだ。

最初は上手《うま》くいくと思っていた。

その夜、彼が帰ってきてからしばらくして、内扉をノックしてみたところ、すんなりとあけてもらえたのだ。

「……どうした、手紙書けたのか？　なら、すぐにでも届けてくるな」

微笑を浮かべて手を差しだされ、サラはジンワリと胸が熱くなった。

あらためて彼のやさしさに応えたい、報いたいと思いながら、その手に手を重ねて微笑み返す。

「いえ、まだですわ」

「そうか。なら、他に何かあるのか？」

「はい。務めを果たさせていただこうかと思いまして」

「……へ？」

「ですから、夜伽《よとぎ》を――」

そこまで口にしたところで、シュッと手を引っこめられた。

そのまま彼は目にもとまらぬ速さで後ずさり、次の瞬間には音もなく扉が閉ざされる。

まばたき一回分の間の撤退だった。

「え、あの、レゼル……」

「いらん！　寝ろ！」

扉の向こうから叫ばれて、それでも、ノブに手をかけてみる――が動かない。

どうやら、向こうで押さえられているようだ。

両手でつかんで渾身《こんしん》の力で回そうと試みても、ピクリとも動かなかった。

「っ、レゼル、務めを」

「いいから寝てくれ！」

悲鳴じみた声が返ってきて、その後もドアノブと格闘することしばし。

結果は、サラの惨敗だった。

ガチャリとも鳴らせぬまま力尽きたサラは内扉の前でへたりこみ、「騎士様ってすごいのね」と明後日《あさって》の方向の感動を覚えつつ、胸を押さえて。

「明日……明日こそ、務めを果たさせてください……っ」

息を切らしながら、扉の向こうに呼びかけるほかなかった。

＊　＊　＊

それからも毎夜、務めを果たそうと挑んでみたものの、彼のガードは崩せなかった。

――正直、甘く見ていたわ。

サラを買ったときの言動からして、それなりにサラの見た目は彼の好みに合致しているはずだ。

果敢に迫れば、サラを哀れんで折れてくれるだろうと思ってしまっていた。けれど。

――本当に、意志がお強いのね。

ガチガチに身持ちが堅いと言った、本人の申告に嘘《うそ》はなかったのだ。

まず、二日目には内扉の前に棚を置かれてしまい、通れなくなった。

三日目にロニーからレゼルの部屋の鍵を借りて表から入り、迫ってみたところ、棚をなぎ倒して向こうの部屋に逃げられた。

そして、向こうから鍵をかけられて。

「今日はもう、そこで寝ろ！」

そう命じられ、単に彼を部屋から追い出しただけで終わってしまった。

四日目はロニーの「逃げられない状態で迫ってみては？」という助言に従い、入浴中に突撃してみることにした。

けれど、さすがは騎士の中の騎士。

浴室の扉のノブに手をかけた瞬間、猛スピードで奥から駆けてくる気配がしたと思うと、初日と同じく騎士の本気を味わうこととなった。

ノブの攻防に負けて力尽きたものの、同じ過ちはくりかえしてなるものかと、サラは浴室の前で膝をそろえて座りこみ、レゼルが出てくるのを待ちかまえた。

けれど、途中で眠ってしまったのだろう。

目を覚ましたときは与えられた部屋の寝台の上にいて、その日の朝食の席で、レゼルがくしゃみをしていた。

サラが出待ちをしたせいで、湯冷めしてしまったのかもしれない。

レゼルの苦しみをやわらげるつもりが、健康を損なっては本末転倒だ。

五日目は彼の体調を考慮し、突撃を控えたものの、六日目には元気を取り戻した様子だったので、出待ちではなく、今度は自分が浴室に入って彼を待つことにした。

当然ながら、別の浴室を使われて終わった。

七日目、彼の寝台の下に潜り、待ちかまえてみた。

これは効果があった。

「……なぁ、そんなところで寝たら、身体《からだ》を痛めるだろう？　出てこいよ。埃《ほこり》もつくし、よくないって」

床に膝をついてこちらを覗きこみながら、迷いこんだ子猫を諭すように促す、レゼルのやさしさにつけこんで、サラはねだった。

「……一緒に寝てくださるのなら出ます」

レゼルはたっぷり百数えるほど悩みに悩んでから、答えた。

「……俺にさわらないって、約束するならいいぞ」

苦渋の決断と称するのが、この上なく似合う、苦々しげな口調と表情で。

「はい、お約束します！　さわりませんわ！　私からは、決して！」

ようやく一歩前進した喜びに声を弾ませながら、サラは満面の笑みで寝台の下から這いだした。

それからは同じ寝台で休みつつ、いかにしてレゼルにその気になってもらうかに腐心することとなった。

そのころにはもう、「なんとしてでも務めを果たしたい」という気持ちが強くなっていて、サラは羞恥心というものを忘れつつあったのだろう。

だから、同衾《どうきん》を許された翌日。

生まれたままの姿で、白いシーツと深緋《こきひ》色のブランケットの間にもぐりこみ、レゼルを待つことに抵抗も疑問も感じなかったのだ。

結果、ブランケットをめくったレゼルに悲鳴を上げられ、またたきの後、ブランケットで簀《す》巻《ま》きにされて寝台の端に転がされることとなった。

「なんでもいいから！　服は着ろ！」

そんなお叱りの言葉と共に。

翌朝、ロニーに相談したところ、「服を着ていればよろしいのですよね？　お任せください」と請けあわれ、彼の用意したものを身に着けるようになった。

初日はメイドのお仕着せ（エプロン完備）で挑んで失敗。

以降、日を追うごとに、布の面積が少なくなっていった。

まるで、どこまで残っていれば「服」とみなされるか、試しているかのように。

くるぶしまであったスカートの長さがミモレ丈になり、膝丈になり、太ももが露《あら》わになったかと思えば、今度は袖がなくなり、次は胴回りの布が剥ぎ取られた。

半月目にはサラの服ではなく、ブランケットが消えた。

レゼルは布が消えるたびに「なんでだよ!?」と叫んでいたが、一番盛大に声を上げたのは、そのときだったと思う。

そして、彼は日に日に露出度を増していくサラと、遮るものなく向き合うはめになって。


ついに、屋敷に来て二十日目。

「──もう勘弁してください」

爽やかな夜風が窓から舞いこむ初夏の宵。

サラは、つい先ほど「なんだその服！　ほとんど紐《ひも》じゃねえか!?」とレゼルを驚愕《きょうがく》させた、黒いリボン状の衣装の上から被《かぶ》せられた「彼」のシャツから顔を出した格好で、ひれ伏す彼を見下ろすこととなったのだった。

それから、盛大な抗議めいた懇願をされ、それでも「務めを果たしたい」とねだったところ。

ゆるゆると顔を上げた彼に言われてしまった。

「……務めを果たしたいっていう気持ちは立派だと思う。でも、頼むからもうやめてくれ」

それはそれは真剣な表情で。

「前に言ったかどうかわからないが……俺は好きあってもいない、将来を誓ってもいない相手と、そういうことはしたくない」

切々と告げられ、サラは脱ぎかけていたシャツを着直すと、寝台の上で膝を正した。

「……レゼル」

「それに、あんたのことを尊敬してるから……あのバカ王子みたいに、あんたを都合よく使いたくないんだ」

「尊敬？　私をですか？」

「ああ。話をしたことはなかったが、サラの噂《うわさ》は聞いていた。あんな、意地の悪いガキみたいな嫌がらせするくせに、するべき仕事はしない、ろくでもないヤツに愛想尽かさないだけでも偉いのに、必死に支えて……本当にすごい、立派だって感心してたんだ」

苦笑まじりに告げられた言葉に、サラはジンと胸が熱くなった。

「……そのように、思ってくださっていたのですね」

「ああ。だから、あんたを軽く扱いたくないし、あんたにも自分を軽く扱ってほしくない。頼む、わかってくれ」

粛然と頭を下げられて、サラは何も言えなくなってしまう。

レゼルの言葉が心が嬉《うれ》しくて、だからこそ、彼の役に立ちたいといっそう強く思うのに、けれど、ここまで拒まれてしまっては……。

もう何もできない。諦めかけたそのとき。

「じゃあ、こういたしましょう」

「おまえなぁ！」

扉の隙間から顔を覗かせたロニーが声をかけてきて、レゼルが怒りの叫びを上げた。

「空気読めよ！　せっかく今、納得してくれそうだったってのに！」

「だから、あえて読まずに割りこんだのではありませんか」

悪びれることなく答えながら、スタスタと近付いてくると、ロニーはサラに問うた。

「サラ様、旦那様のために何かしたいというお気持ちはおありですよね？」

「はい、もちろんですわ」

迷うことなく頷くと、ロニーはチラリと横目でレゼルを見て「そうですよねぇ」とわざとらしく声を上げた。

「そのやさしく尊いお気持ちを無下にしようだなんて、旦那様はあまりにおひどい」

「あのなぁ――」

「ですから、こういたしましょう！」

サラッと主人の抗議を遮って、ロニーは続けた。

「サラ様を旦那様の『おやすみ前のブラッシング係』に任命させていただきます」

「はぁ？」

「ブラッシング係？」

パチリと目をみはるレゼルとサラに、ロニーはニッコリと笑って言う。

「旦那様はいつも髪を洗われた後、自然に乾くのに任せてそのまま寝てしまわれるので、ボサボサでしょう？」

そういってロニーが指さすレゼルの髪は、確かにところどころ撥《は》ねている。

「以前から気になっていたのですが、旦那様は『ブラシは朝だけで充分だ』とおっしゃるもので、無理に私がするのもなんですし、手をこまねいていたのですが、サラ様にお願いしたく思います」

「なんでだよ!?」

「広い意味ではこれも『御奉仕』ですし、旦那様のために何かをしたいという、サラ様の気高くも美しい御心《おこころ》も満たされることでしょう。ねえ、サラ様?」

思わせぶりに目配せをされて、サラは慌てて頷く。

「は、はい! 少しでもお役に立てるのなら、嬉しいかぎりですわ!」

「ほら、このようにおっしゃってることですし! まさか、そんなことさえさせたくないなんて、心の狭いことはおっしゃいませんよね、旦那様?」

絶対に何かを企《たくら》んでいる。そうとわかっていても、その「何か」がわからないのだろう。

しばらくの間、レゼルは疑わしげにロニーを睨《にら》んでいたが、やがて、観念したように頷いた。

「……わかった。それくらいならいいだろう。ただし、まともな服を着ること。これが条件だ」

「かしこまりました。サラ様、よろしゅうございましたね!」

「は、はい!」

ロニーの意図はわからないが、それでも、レゼルのために何かをしてあげられるようになるのは嬉しい。それは確かだ。

「ありがとうございます。私、頑張りますわね!」

サラはニコリと笑って、レゼルに宣言した。

そして、翌日。

「ふれあう時間が増えれば、そのうち絆《ほだ》されてくださるでしょう。それに、髪も性感帯と言いますから、思いきり色っぽく、思わせぶりにブラッシングしてさしあげてくださいね！」

彼の企みを聞かされて「色っぽいブラッシングとは？」と困惑することになるのだった。

＊＊＊

色っぽいブラッシングのやり方などは思いつかなかったが、それでも、ロニーの予想は間違いではなかった。

といっても、ふれあううちに絆されていったのはレゼルではなく、サラの方だったが……。

ブラッシング係を任命されて七日目。

「……今日も、ありがとうございました」

鏡台の前に座るレゼルの洗い髪にブラシをかけながら、サラは笑顔で礼を伝えた。

一時間ほど前、三通目の家族への手紙を届けてもらったのだ。

いつも屋敷を囲う塀を乗りこえて、玄関扉の下から潜りこませてきてくれるのだが、今日はこれまでと違うことがひとつあった。

「……ああ、可愛《かわい》い返事だったな」

クスリと笑ってレゼルが鏡台の上に視線を向ける。

そこにはオーガンジー素材の小さな白い巾着袋があり、その上にラベンダーのドライフラワーとどんぐりが一個置かれている。

手紙を届けたときに、玄関扉の前に用意されていたらしい。

いつ来るかわからないので、きっと毎夜置いていてくれたのだろう。

レゼルは少し迷ったそうだが、いつも手紙を入れる位置だったので、サラへのメッセージだろうと判断して持って帰ってきてくれたのだ。

「……どんぐりってところからして、弟からか？」

「そうだと思います。エリックの宝物ですので」

巾着の中に手紙は入っていなかった。

外に出しっぱなしにしておく以上、万が一誰かに読まれては、サラに迷惑をかけるかもしれないと遠慮したのだろう。

「そうか。じゃあ、ラベンダーは？　何か意味があるのか？」

「……おそらくですが、メッセージでしょう」

「メッセージ？」

「ラベンダーの花言葉には、『あなたを待っています』という意味があるのです」

「……そうか、しゃれてるな」

しんみりとなりかけた空気を和ませるように、レゼルが明るく言う。

「花で想《おも》いを伝えるなんて、俺にはない発想だ。そもそも、花の区別もあんまりつかないしな」

「あら、そうなのですか？」

彼の気遣いをくんで笑いまじりに返すと、レゼルは「ああ、ぜんぜんだ」と頷く。

「昔、バラとカーネーションの区別がつかなくて、母親に呆《あき》れられた」

「まあ、お母様に？」

「ああ。八年前、誕生日に『バラの花束が欲しい』ってねだられて、これだろうと買って帰ったらカーネーションだった。『棘がないからわかるでしょう？』って言われて、『花屋のバラは皆、棘を取ってあるんだと思った』って返したら、そりゃもう盛大な溜《た》め息《いき》つかれて……まあ、喜んではくれたけどな」

「ふふ、それは何よりですわ」

「うん。それで、『来年こそは本物のバラをちょうだいね』って、約束したんだが……」

言葉が途切れ、鏡に映るレゼルの表情が翳《かげ》る。

彼の母親が儚《はかな》くなったのは七年前。

きっと誕生日よりも前のことだったのだろう。

「……まあ、お供えって形にはなったが、約束は守ったから、祟《たた》られるってことはないだろう！」

カラリと笑うレゼルに、サラは胸が締めつけられるような心地になったが、それでも、ニコリと微笑んで返した。

「そうですわね。きっとお母様も喜んでらっしゃいますわ」

「はは、だといいがな」

笑みを交わし、サラはとまっていた手を動かす。

「お母様と仲がよろしかったのですね」

「まあ、悪くはなかったと思う。口うるさくて頑固で、毎日ガミガミ言われて、『なんだよ、うるせえな！』って腹が立つことも多かったし、つい、そう言い返して拳骨《げんこつ》くらったこともあった」

「ふふ、本当に仲がよろしかったのですね！」

クスクスと笑いながら、レゼルの髪にブラシをかけていく。

こうしてとかしてみると寝癖ならぬ洗い癖が付いていただけで、元々の髪質はまっすぐなのだとわかる。艶やかで絹糸のように滑らかで、さわり心地がとてもいい。

いつまでもさわっていたくなる髪だ。

「……昔、よく、こうやってとかしてもらったな」

くすぐったそうに目を細めながら、レゼルが笑う。

「お母様にですか？」

「そうだ。俺に任せると雑すぎるって」

「ふふ、そうなのですね。お母様も黒髪で？」

「ああ。目の色は俺よりも茶色くて、琥珀《こはく》っぽい色だった」

母親の面影を捜すように鏡に目を向けて、レゼルは言葉を続ける。

「背の高さも、たぶん母親譲りだ」

「あら、どれくらい高かったのですか？」

「ロニーと同じくらいはあったな」

ロニーは男性の平均的な高さなので、女性としてはかなりの長身だ。

「大柄でやたらに腕っぷしが強くて、声もハスキーだったから、よく男に間違われてさ……それを利用して男のふりして暮らしていた時期もあった」

「男のふりを？」

「ああ。同じ一人親でも、母一人子一人だと色々舐《な》めたまねしてくるヤツもいるからな」

そう言って唇の端をつりあげる彼の目は笑っていない。

細めた金色の目の奥には、深い怒りと悔しげな色が滲《にじ》んでいた。

「……そうなのですね」

相槌《あいづち》を打ちながらサラは目を伏せ、迷う。彼の事情に踏みこんでいいものかと。

――誰かに話して楽になることもあるけれど、言いたくないことだってあるものね。

そっと鏡ごしにレゼルの顔をうかがうと、パチリと目があう。

「……気になるのなら、聞いていいぞ」

苦笑まじりに促されて、サラは「それほど顔に出ていたのかしら」と気まずさを覚えつつ、素直に甘えることにした――のだが。

「あの、お父様は――」

「知らん」

聞いていいと言いながらも、聞き終える前に遮られてしまった。

「え、あの……知らん、とは？」

「そのまんまの意味だ。名前も顔も、どこの誰なのかも、生きているのかも死んでいるのかも、何ひとつ知らないし、知りたくもない！」

レゼルは顔を歪《ゆが》め、吐き捨てるように言ってから、ハッと我に返ったように謝る。

「悪い。サラに当たってもしかたないのにな」

「いえ……では、その、あなたが生まれる前に亡くなったというのは……」

「ああ、嘘だ。そう説明した方が『ヤリ捨てられた』って言うより、バカにされずに同情してもらえるだろう？」

サラリと告げられた真実に、サラは言葉を失う。

そんなサラを、レゼルは鏡ごしに苦笑を浮かべて見ながら、「ここまで聞いたなら、ぜんぶ知りたいよな」と続けた。

「……よくある話だ。田舎の村の祭りにお忍びで来た、どこぞのお貴族様と盛り上がって、『必ず君を迎えに来る』なんて言われて、真に受けたのが運の尽きってやつだ」

祭りの半月後、レゼルの母のところにやって来たのは、その「お貴族様」本人ではなく、「おきれいな婚約者様」だったのだという。

「細くて小さくて真っ白で自分とは正反対で……一目見た瞬間、『わかった』らしい。『ぜんぜん違うものを試してみたくなったんだな』って」

自分の周りにはいないような田舎娘、「生きる世界の違う女」が物珍しくて、つい手を伸ばしてしまったのだろうと。

婚約者から金貨の詰まった袋を手切れ金として渡され、泣きながら「二度と彼と関わらないで」と頼まれたレゼルの母は「頼まれなくても、いえ、頼まれたって二度とお会いしません！」と啖呵《たんか》を切って、そのまま故郷を飛びだした。

「裏切られて悲しいっていうより、とにかく腹が立ったらしい。『婚約者がいながら、何やってんだ！』『自分で謝りにこい！　何、女に謝らせてるんだ！』って……でも、一番腹が立ったのは、一瞬でも本気で愛されてるって信じて、そんな男に何もかも捧《ささ》げた自分自身にだとさ……」

だから、「もう恋なんてしない」と、髪をバッサリ切って化粧もやめて、男物の服をまとうようにして、この国に移り住んだところで妊娠に気付いたのだという。

「……そんな無責任種出し野郎の子供なんて、産み捨ててよかったのに」

自分の子供だから、自分が育てると最後まで手放さなかった。

「手を貸してくれる人はいたとはいえ、苦労ばっかりかけて……ようやく騎士になって、楽させてやれると思ったのに……」

本物のバラを贈ることさえできなかった。

「俺のせいで不幸な人生だったなんて言いたくはないし、言ったらぶん殴られそうだが……もっと違った人生があったんじゃないかとは思う。愛し愛されて、最後まで寄りそえる相手と結ばれて、もっと幸せに生きられたんじゃないかって……」

悔しげに唇を引き結ぶレゼルに、サラはなんと言っていいかわからない。

下手な慰めはかえって失礼な気がして、それでも、どうにか彼を慰めたくて、とめていたブラッシングを再開しながら口をひらく。

「お母様は、お幸せだったと思いますわ」

「……そう思うか？」

「はい」

サラはしっかりと頷く。

「私の話になりますが、一人で罪を受け入れると決めたとき、恐ろしかったですし、悲しくも思いました。ですが、『よかった』とも思いました」

「よかった？」

「はい。『家族を守れてよかった』と……大切な人のためにする苦労ならば、どんなに大変でも、『よかった』と思えるものではないでしょうか」

自己犠牲が必ずしもすばらしいとは思わない。

それでも、大切な人を自分が守った、守っていると思えることはきっと幸せなことだ。

そう思えるほど大切な人がいる、ということなのだから。

「……恋人や夫がいなくとも、お母様は大切な人に、あなたに愛し愛されて、最後まで寄りそっていられたのですから、お幸せだったはずです」

鏡ごしに彼の目を見つめて告げると、レゼルの睫毛が震え、目蓋が閉じる。

「……そうか、ありがとう」

呟く声は、ほんの少しだけ揺れていた。

「……いえ」

答えてサラは手元に視線を向ける。

そっと彼が目元を拭う気配がしたが、気付かないふりで手を動かす。

二人の間に漂う空気に、色っぽさなんて欠片《かけら》もない。

けれど彼の心の深いところにふれたようで、二人の間の距離がほんの少しだけ近付いたようで、不思議と胸が温かく、同時に、キュッと締めつけられるような心地になる。

——ダメね。私の方が先に絆されそう。

もっと知りたい、もっと近付きたいと思ってもらわなくてはいけないというのに。

今、そう思っているのは、きっとサラの方だ。

——もっと頑張らないといけないいわね。

レゼルが絆されてくれるように、もっともっと彼の役に立たなくては……。

そんな決意をこめて、サラは丁寧に丁寧に、彼の髪をとかし続けた。

# 第四章　ちょっぴり身勝手で、甘くて、熱いこの感情

もどかしさを抱えながらも時間は過ぎて。

レゼルの屋敷で暮らしはじめて一カ月が過ぎた、ある日の午後。レゼルの部屋にて。

白いレースで縁どられた空色のドレスをまとったサラは、それを仕立ててくれたレゼルのシャツのボタンをつける手をとめて、ロニーに尋ねた。

ここ数日、ずっと気になっていたことについて。

「あの、招待状がこないのは……殿下の嫌がらせのせいでしょうか？」と。

その視線はロニーが手にした銀の盆、そこに載せられた本日の郵便物に向けられている。

いくつかの手紙はあるが、どれも紙の材質からして招待状ではないだろう。

春から夏にかけては各家が夜会や舞踏会、ガーデンパーティなどをひらいて、互いに招き合い、交流を深める、社交シーズンだ。

サラもオネソイル家にいたころは、毎年この時季は、寝不足になったものだ。

――御礼《おれい》を用意するのも、大変だったわね。

この国の社交界では他家に招かれた場合、なるべく早く、できれば翌日のうちに、贈り物を添えた礼状を届けるのがマナーとされている。

いかに費用を抑えつつ、金を惜しんだとは思われぬ品を選ぶか、父や母と悩んだものだ。

けれど、レゼルのもとには、この一カ月と少しの間、一通も招待状が来ていない。

最初は気付かなかった。

招待はされているが、仕事が多忙で断っているのだろうと考えていたのだ。

——だって、さすがに一通も届かないなんてこと、あるはずないと思ったのだもの。

ヘンリーがレゼルを疎み、彼自身やサラが参加する催しから弾《はじ》いていることは知っていた。

「レゼルを招くのならば私は出ない」とあからさまに言っているのを見たこともある。

何度か諫《いさ》めたが聞き入れてもらえず、そのうち「無理に招いても不愉快な思いをするのはレゼルの方だ」と思い、諦めてしまった……というのは言いわけだろう。

「……もうしわけありません。まさか、ここまでひどいとは」

悄然《しょうぜん》とうなだれるサラを、ロニーはまじまじと見つめた後、フッと唇の端をつり上げた。

「サラ様が謝られるようなことではありませんが、謝っていただけてスッキリいたしました」

「え？」

「あなたのせいではないとわかっていても、婚約者だったあなたが殿下をもっと諫めてくださったら、旦那様はこれほどご苦労されなかっただろうにと、恨みに思ってしまっておりましたので」

「……ご期待に応えられず、お恥ずかしいかぎりですわ」

「いえいえ、逆恨みだということはわかっておりますので」

そう言ってニコリと笑うと、ロニーは盆に視線を落として語りだした。

「……最初から、一通も届かなかったわけではないのですよ」

一昨年、レゼルが伯爵になったとき。

ヘンリーに疎まれていることもあり、社交界に歓迎はされなかった。

それでも公正を重んじる中立派の貴族は、彼を受け入れようとしてくれたのだという。

「伯爵位を賜って間もないころ、何通か招待状をいただき、旦那様も皆様のお気持ちを汲《く》んで、渋々ながらも参加なさるおつもりでした」

けれど、必ずといっていいほど、ヘンリーから急な仕事を押しつけられてしまい、当日になって参加を辞退せざるを得なかったのだそうだ。

「そのようなことを何度もくりかえすうちに、面倒に思われたのでしょう」

中立派も招待を遠慮するようになってしまったのだという。

——そんなことまで、なさっていたなんて……。

以前、レゼルが言っていた「意地の悪いガキみたいな嫌がらせ」とは、きっとこのことだったのだろう。

そもそもレゼルの功績からして、本来ならば、もっと早くに爵位を与えられて当然だったのだ。

それなのに、ヘンリーがレゼルに地位を与えるのを嫌がり、報奨金だけですませていた。

それも、王宮で授与するのではなく、黒鉄《くろがね》騎士団の詰め所に届けさせるという不躾《ぶしつけ》な形で。

自分たちの長がないがしろにされていることに黒騎士たちの不満が高まり、「これ以上は無視できない」と中立派の廷臣が国王に進言し、ようやく一昨年、伯爵位が与えられたのだ。

「……本当に、私がもっと殿下を諫めていれば……配慮が足りず、もうしわけありません」

「サラ様のせいではありませんよ。ですが……」

ロニーは眉を寄せて、「私は悔しいのです」と続けた。

「旦那様が正当な評価を受けられないことが。サラ様も、お気付きでしょう？　この屋敷の使用人が、他とは質が違うと」

「それは……お怪我《けが》をしている方が多いのは、何か理由があるのですか？」

サラが遠慮がちに尋ねると、ロニーはフッと笑って答える。

「はい。皆、負傷を理由に黒鉄騎士団を退団した者達《たち》です。メイドは殉職した者の母親ですよ」

「……まぁ、そうだったのですね」

「黒騎士は平民の出がほとんどですので、パン屋の倅《せがれ》や庭師の息子も交ざっているのです。兄弟が家業を継いでいたり、廃業してしまったりで帰れない者を旦那様が引き取ったというわけです」

国から見舞金は出るが、それで一生食べていけるわけではない。

帰るところも頼る相手もいない者を、レゼルが助けているのだという。

「もちろん、この屋敷だけでは働き口に限界はあります。ですから他に……社交界ではどうか存じませんが、旦那様は民にたいそう人気がおありですので、その伝手《つて》を辿《たど》って、勤め先を探してくださっています。そのようなこと、騎士団長の仕事ではないでしょうにね」

きっとレゼルは部下の命を預かった責任を、最後までまっとうしているのだろう。

「……ご立派ですわね……本当に」

しみじみとサラが言うと、ロニーは嬉《うれ》しそうに目を細めて頷《うなず》いた。

「はい、本当に……黒騎士だけではありません。旦那様に救われた人間は、たくさんいます。私も、その一人です」

「まあ、あなたも？」

「はい。その恩をお返しするために、こうしてお仕えしているのです」

微笑を浮かべてそう言ってから、キュッと眉を寄せて彼は語りはじめた。

「元々、私は他のお屋敷で従僕として働いておりました。見目の良さを買われましてね」

従僕は来客への給仕や荷物運び、扉の開け閉めなど、客人と接する機会が多いため、能力よりも見栄えの良さが重視される。

そのため、「観賞用」だとか「動く調度品」などと揶揄《やゆ》されることもあるが、執事の補佐も担うため、その後を継ぐことだって夢ではない。

努力次第で明暗が分かれる、そんな職業だ。

そうサラは思っているが、ロニーは、その努力を踏みにじられてしまったのだという。

「旦那様も奥様も実に貴族らしい価値観をお持ちで、使用人で名前を憶《おぼ》えているのは執事と家政婦長、従者と侍女、後は料理長だけというような方々でした」

五年近く仕えても、下級使用人だったロニーは、名前すら憶えてもらえていなかった。

「それでも真面目に頑張れば、いつか報われる。執事になれば名前も覚えていただけるだろうし、頼りにしていただけるだろうと思っていました」

そんな彼の期待は四年前、彼が十九歳のときに裏切られた。

「……屋敷に夜盗が入りましてね。二十人近くいたかと思います。屋敷中の人間は、まとめて二階の客室に押しこめられて、このままでは皆、殺されてしまうかもしれないと思いました。だから、私は助けを呼ぼうと窓から飛び降りたのです」

幸い下は花壇になっていて、足をくじいただけですんだそうだ。

「痛む足を引きずりながら、黒鉄騎士団の詰め所に向かおうとして、途中でぶつかったのが旦那様、レゼル様だったのです」

ちょうど夕食を終えて、食堂から出てきたところだったそうだ。

レゼルは、ロニーの話を聞いて「わかった。後は任せろ」と請けあって、詰め所に行って応援を呼ぶように言った後。単身、ロニーの仕えていた屋敷に向かった。

そして、ロニーが応援を連れて屋敷に戻ったときには、すでに片が付いていたという。

「……お強いとは聞いておりましたが、まさか、あそこまでとは思いませんでした」

憧憬めいた表情を浮かべて、ロニーが呟《つぶや》く。

「そのとき、旦那様は階段の踊り場に立ってらっしゃって……盗賊たちがそこかしこに転がる中、漆黒の騎士服をまとって、剣を手に凛《りん》と佇《たたず》む旦那様は、正《まさ》しく、黒の英雄と呼ぶに相応《ふさわ》しいお姿でしたよ」

レゼルは、まず人々が閉じこめられている部屋のノブを破壊し、扉を内側から棚で塞ぐよう声をかけてから、夜盗を捕らえていった。

そのため結果として屋敷の住人で怪我をしたのは、ロニーただ一人ですみ、そこで終われば美談だったのだが……。

「その翌日、お屋敷を解雇されました。『主人を置いて一人で逃げた』と責められまして……」

「そんな……！　そんなバカなこと！」

「そうバカなことです。ですが、仕方がありません。主人の決定に私たちは逆らえませんから」

ロニーは傷付いた心と身体《からだ》を抱えて屋敷を追いだされることとなった。

「……くじいた後、無理に走ったせいでしょう。足が腫れてろくに歩けず、仕事も住む場所もなく、野垂れ死にしかけていたところを助けてくださったのも、レゼル様でした」

巡回中、道端で倒れていたロニーを見つけて事情を聞きだし、元の雇い主から退職金と見舞金を脅しとり――いや、きっちり払わせた上で、自分の従者として雇ってくれたのだという。

「とはいえ、あの方は身の回りのことはご自分でできますし、むしろ怪我をしていた私の方が、お世話をされる立場でした」

一カ月ほど療養して回復したロニーは、近くの商店の仕事を紹介されて、レゼルの家を出た。

それからは良き隣人として過ごしていたが、レゼルが伯爵位を授与されたのを機に、彼の執事に立候補したのだそうだ。

「執事を目指していたとはいえ、しょせんは元従僕。力不足はわかっていましたが、どうしても、お役に立ちたかったのです」

「……そういうご事情だったのですね」

「はい。当然、失敗することも多々ありましたが、旦那様は『お互い新人同士だから、気にするな』といつでも笑って許してくださいました。本当に……」

「……おやさしくて、ご立派な方ですわね」

ロニーの言葉を引きとるようにサラが言うと、彼は「ええ、本当に」と深く頷いた。

「それなのに……ただ身分が高く生まれただけの心の卑しい者たちに、旦那様が侮られていることが悔しくてしかたないのです。あの方がきちんと認められてほしい。そうなるべきなのです！」

拳を握りしめ、そう訴えるロニーにサラはしばし考えた後、そっと提案した。

「……では、そうなるようにしてみましょう」

「はい？」

「王太子妃教育で社交界においての正しいふるまいや、評価を上げる方法を叩《たた》きこまれましたから……少しくらいは、お役に立てると思います」

目をみはってサラの言葉を聞いていたロニーは、パチリと目をまたたかせた後。

キラリと瞳を輝かせて「ぜひ！」とサラの手を取り、頭を垂れた。

「よろしくお願いいたします！」

声を弾ませながら頼まれて、サラもつられて笑顔になりながら「はい！」と答える。

これでもっとレゼルの役に立てる。

彼が得るべき評価を得られるようになる。

そう期待と喜びに胸をふくらませながら、彼の帰りを待った――のだが。

＊＊＊

「……ダメだ。そんなことさせられない」

当の本人によって、サラの提案は却下されてしまった。

「どうしてですか!?」

レゼルの髪にブラシをかける手をとめて問いただすと、彼はひどく渋い顔で答えた。

「あのなぁ……突然、俺が貴族らしい完璧なふるまいとやらを始めたら、明らかに怪しいだろう？　絶対、誰か助言してるヤツがいるって勘ぐられる。サラはもう表に出る気はないんだよな？」

「それは……はい」

「なら、大人しくここでのんびりしておけ」

「ですが……」

「それに、そもそも俺は貴族らしくなりたいとか、社交界で上に行きたいとは思わない」

眉を寄せて、レゼルは言う。

「爵位だって別に要らなかった。まあ、屋敷をかまえて、戦えなくなったヤツの居場所をちょっとは作れるようになったのは、よかったと思うがな」

「……では、その居場所をもっと増やすためだと思ってはいかがでしょう？」

その提案にレゼルの瞳が揺れたのを見逃さず、サラは畳みかけるように続ける。

「どなたかに怪しまれたら、私ではなく、ロニーの助言だということにすれば大丈夫ですわ」

「ご自身のためでなく、ロニーや黒騎士たちや私や、あなたを慕う、あなたが正当な評価をされてほしいと願う皆のためだと思ってください」

「だが……」

「それは……ん？　その中に、サラも入っているのか？」

「もちろんですわ！」

サラは迷わず頷く。

「お願いです、お役に立ちたいのです」

「充分やってくれてるだろう？」

シャツのボタンを摘《つ》まんで苦笑を浮かべるレゼルに、サラは、ふるふると首を横に振る。

「足りませんわ、まったく。……昨夜も、お役に立てませんでしたもの」

「いや、あれは俺が急用で……サラが責任を感じることじゃない！」

慌てたようにレゼルが言う。

ロニーからレゼルが「収まりがつかなくなる」のは満月の夜だと聞いていたので、今度こそ彼の役に立ちたい、務めを果たしたいと意気ごんでいたのだが……。

満ちた月が輝いていた昨晩、彼は帰ってこなかった。

騎士団の仕事が入ったという言伝《ことづて》が届いたが、本当かどうかはわからない。

どこで過ごしたのかもわからないが、きっと眠れなかったはずだ。

今朝、帰ってきたレゼルは明らかに憔悴《しょうすい》した様子で、うっすらと充血した目の下には、色濃い隈《くま》が浮かんでいたから。

そうまでしてサラを抱きたくないのかと思えば、チクリと胸が痛みもしたが、彼の過去を知った今は、彼の気持ちを尊重したいとも思った。だから。

「……せめて、私にできる方法で、あなたのお役に立ちたいのです。どうかお願いいたします！」

鏡ごしに彼を見つめて切々と訴える。

レゼルは眉間に皺《しわ》を寄せ、しばし考えこみ、やがて観念したように頷いた。

「わかった。確かに、社交界で伝手ができれば、助けられる人間も増えるだろうしな」

フッと笑ってそう言って、それから、「どうかよろしく頼む」と頭を下げたのだった。

＊　＊　＊

その翌日の昼下がり。

「……これは、すごい……いえ、もはやすさまじいですね」

サラが渡した各家の「記念日」の情報を記した紙束をパラパラとめくり、そっと閉じたロニーは、どこかひるんだ様子で呟いた。

「……殿下のために、このようなことまでなさっていたのですね」

普段から交流がない家でも「記念日」の贈り物は拒まないのが、この国の社交界のルールだ。

ヘンリーの婚約者だったころ、サラは毎日のように彼の政務を代行しながら、その合間に贈り物の手配をしていた。

誕生日、結婚記念日、可愛《かわい》がっている愛犬や愛猫、愛馬の誕生日、狩りで初めて鹿を獲《と》った日。

大きなものから、小さいが本人にとっては大切な記念の日まで、祝う機会はいくらでもある。

細やかに祝うことで「あなたのことをこれだけわかっていますよ」と親愛の情を示し、ときには「あなたの情報をこれだけ握っていますからね」という牽制《けんせい》の役目も果たすのだ。

サラは家族への手紙用にもらった紙に、覚えている限りの情報を書きつけ、意気ごんでロニーに渡したのだが……。

「……さすがに、このすべてを祝っていては破産してしまいます」

悩ましげに眉をひそめて、そう言われてしまった。

確かに大小合わせれば毎日のように、どこかで何かの記念日がある。

「大丈夫ですわ。それはあくまで一覧です。やみくもにすべてを祝う必要はありませんし……」

家同士の関係もあるので、「どうしてあの家が先なのか」とムッとされないように、アプローチの順番にも気を付けなくてはいけない。

「それに、高価な品だけが喜ばれるわけではありませんもの！」

大切なのは、喜んでもらえる品を贈ること。

だから、サラはご夫人たちとの交流を深め、家族の好みなどを聞きだし、贈り物選びに役立てていた。

建前や外聞を気にして、表立っては本音を言えない人も多い。

特に男性はプライドが邪魔をするのか、そういう人が少なくない。

酒と葉巻を好む紳士が、本当は甘いお茶とお菓子に目がなかったり、夜会では常に誰かに囲まれている社交的な青年が、屋根裏部屋で一人黙々とドールハウスを作っていたりと。

中には、各地の石や土、植物、鳥の羽根、ご当地の人形を集めているという者もいた。

母だから、妻だから知っている情報に、どれほど助けられたかわからない。

それを今度はレゼルのために使わせてもらうのだ。

そう告げると、ロニーは「さようでございますか」と笑顔になった。

「実に心強いです……旦那様のため、一緒に頑張りましょう！」

「はい！」

差しだされた手を握り返しながら、サラはしっかりと頷いた。


その日から、サラは以前していたように、せっせと贈り物を選び、それに添える手紙をしたため始めた。

とはいえ、そのまま送ってはサラの字だと気付く者がいるかもしれないので、サラの手紙を見本に、ロニーに書き写してもらって添えることにした。

贈り物を用意するにあたっては、レゼルの行動範囲と顔の広さも幸いした。

王都では手に入らない、金では買えない品も手に入れることができたからだ。

それが大粒のダイヤモンドよりも響く相手もいる。

その効果を実感したのは、贈り物の代行を始めて半月後のことだった。

＊　＊　＊

「――サラ様、やりましたよ！　パルス伯爵から晩餐《ばんさん》へのご招待をいただきました！」

図書室の窓辺で手紙を書いていたサラのもとに、足取りと声を弾ませながらロニーがやってきた。

「まぁ、本当ですの？」

「はい！　こちらです！」

差しだされた手紙はすでに封が切られている。

家を不在にすることが多いレゼルは、手紙の開封も管理もロニーに一任しているのだ。

封筒から便箋を引きだし、パラリとひらいて目を通して、サラもロニーと同じく笑顔になる。

「……よかった。お好みに合ったようですわね」

「はい。ですが、まさか鳥の羽根一枚に、これほどの効果があるとは……！」

しみじみと呟くロニーの声は、どこか納得いかなそうな響きも帯びている。

それも当然だろう。

パルス伯爵の誕生日に贈ったのは野鳥の羽根一枚、それだけだったのだから。

レゼルが以前出動した山間《やまあい》の村の住人に頼んで、手に入れたそれを洗って乾かし、形を整えて、
採集日と場所を添えたラベルと共にガラス付きの額縁に入れたもの。

見る人によってはただのゴミでしかないが、パルス伯爵にとってはそうではなかった。

「パルス卿《きょう》は野鳥の観察と羽根集めがご趣味なのです。ですが、三年前に膝を悪くされて、ご自分では採集に出かけられなくなったので……」

「そういえば、あの鳥はあの山にしかいないとおっしゃっていましたね」

「はい。お元気だったころに何度か探しに行かれたものの、姿は見れども羽根は見つけられなかったと、奥様に嘆いてらしたそうです」

「なるほど、それはお喜びになるのもわかります」

うんうん、と頷いて、ロニーは姿勢を正し、あらためてサラと向き合う。

「さすがはサラ様です。ぜひ、この調子で旦那様を支えて、いえ、押し上げてくださいませ！」

「……ありがとうございます。ご期待にそえるよう頑張りますわ！」

サラはジンワリと満たされたような心地で、そう答えたのだった。

＊　＊　＊

忙しく過ごすうちにときは過ぎ、サラが屋敷に来て二度目の満月の夜が訪れた。

――最近、時間が経《た》つのが早いわ。

明日出す手紙と贈り物のリストをロニーに届けた後、レゼルの部屋に向かい、月明かり差しこむ廊下を歩きながら思う。

ロニーも同じようなことを言っていた。

「これほど充実した日々は初めてです！」と。

サラも同じだ。レゼルのために役に立てることが嬉しくてしかたない。

次は誰にアプローチをしようかと、ついつい夢中になってロニーと話しこんでしまい、レゼルが帰ってきたことに気付かないこともしばしばだ。

――ただ、少し気になることもあるのよね。

シュミーズの上に羽織ったガウンの前を掻《か》き合わせながら、サラはわずかに首を傾《かし》げる。

社交界でのレゼルの評価を上げる、という試み自体は上手《うま》くいっている。

けれど当のレゼルが、ふとした瞬間、不満げというか、少しだけ苛立《いらだ》っているように感じることがあるのだ。

ただでさえ忙しいところに、社交まで加わり、気疲れさせてしまっているのだろうか。

――あまり焦らず、少し控えめにした方がいいかもしれない。

レゼルのためにしているはずが、当の本人を苦しめては意味がない。

――レゼルの役に立てることが減るのは残念だけれど……。

廊下を進みながら、サラは突きあたりに向かって目を凝らす。

――今日は、いてくださるのよね。

今朝、出かけていこうとするレゼルをロニーが引きとめて、「今日は逃げないでくださいね」と釘《くぎ》を刺していた。

レゼルはひどいしかめっ面ではあったが、「わかってる」と頷いていた。

先ほどロニーに届け物をしたとき、彼は「旦那様をお願いいたします」と頼んだ後、「ですが、どうしても耐えられなそうでしたら、呼んでください。どうにかしてとめますから」とも言ってくれた。

――そんなにひどいのかしら……盛りがついたようだと言ってらしたけれど。

最初の夜、そこまで理性を失っているようには見えなかった。

なにせ、途中で「続きはまた」とやめてしまえるくらいだったのだから。

――でも、あのときは何度かご自分で……なさった後だったのよね？

だから、落ちついていたとも考えられる。

今夜はどうだろう。

――あっ、もしや、今……!?

サラがいないうちに自分で鎮めてしまおう、と励んでいる真っ最中という可能性もなくもない。

そう思った瞬間、ついつい足がとまってしまう。

――もしそうだったらどうしましょう!?　終わったタイミングで入った方がいいのかしら？

それとも性奴隷としては、主人にそのようなことはさせられないと割りこむべきなのだろうか。

ドキドキしだした胸を押さえて、気持ちを落ち着けようと窓の外に視線を向ける。

「……ぁ」

月を見上げて、サラはパチリと目をみはった。

夜空を照らす満ちた月、その傍らを白い竜が飛んでいたのだ。

――ベネディクトゥス陛下……今日も、番《つがい》を捜してらっしゃるのね。

白々と輝くその雄大な姿は藍色の夜空に映えて、とても美しいが、どこか物寂しくも感じる。

いつになったら、彼の番は見つかるのだろうか。

――そういえば、いつから捜しているのかしら？

もう二十年以上も捜しているというが、子供のころに満月の隣を飛ぶ竜を見た記憶はない。

――最初に見たのは……六、いえ、七年くらい前だった気がするけれど……。

自国内を捜すのに時間がかかったのだろうか。

――まあ、リドゥエル帝国は広大ですもの、無理もないわね。

胸のうちで呟いたそのとき、何かを呼ぶような悲痛な咆哮《ほうこう》が聞こえた気がして、サラは、そっと視線をそらす。

ベネディクトゥスにしてあげられることは何もない。

せめて彼の番が早く見つかるように祈りつつ、サラは自分にできることがある場所へと向かって、再び歩きはじめた。

＊　＊　＊

ノックをしてから、そっと扉をひらいて部屋に入ると、寝台に腰を下ろしたレゼルが見えた。

傍らのナイトテーブルには琥珀《こはく》色の液体が揺れるボトルと、空のグラスが置かれている。

ラベルに林檎《りんご》の絵が描かれているところからして、ボトルの中身はアップルブランデーだろう。

あまり中身が減っていないところを見ると、飲みはじめたばかりなのかもしれない。

「……酔って寝ちまおうと思ったが、一杯でやめて正解だったな」

ひとりごとめいた口調で呟きながらも、レゼルはまっすぐにサラを見ていた。

いつかのようにトロリと目を細め、その目に甘やかな熱を湛《たた》えながら。

普段とは違うそのまなざしに、思わずサラが喉を鳴らすと、つられたようにレゼルの喉もコクリと動いた。

「……悪い。今日は隣の部屋で寝てくれるか？」

「ですが……」

「頼む、襲わないうちに出ていってくれ」

何かを抑えつけるような、低くかすれた声で命じられ、いや、乞われて、サラの鼓動が跳ねる。

――つまり、襲いたいと思ってらっしゃるのね。

本能的な恐怖にか、ふるりと身体が震える。

それでも、心を探ってみれば「嫌」という気持ちは欠片《かけら》もない。

サラはトクトクと速まる鼓動をなだめるように胸を押さえつつ、レゼルに近付いていった。

レゼルは何も言わない。来るなとも帰れとも。

ただ、サラを見つめる金色の瞳に灯《とも》る熱が、サラが一歩踏みだすごとにジリジリと高まっていくのが見て取れた。

やがてレゼルの目の前に立ち、ガウンを肩から滑り落として、いつかと同じ姿になると、サラはスッと息を吸いこみ、そっと囁《ささや》いた。

「……務めを果たさせてください」

言いおえると同時に逞《たくま》しい腕に掻き抱かれ、彼の膝の上に抱き上げられていた。

馬車の中でされた横抱きではなく、彼の両脚を跨《また》ぐような格好で。

そのまま強く引き寄せられれば、ひらいた脚の間、衣服ごしでもわかるほどの昂《たか》ぶりを押しつけられて、サラは思わずビクリとしてしまう。

途端、枷《かせ》のように巻きついた腕の力がゆるむが、それでも拘束が解かれることはなかった。

「……させたくない」

サラをしっかりと抱きしめたまま、レゼルが呟く。

「ダメだ」

「……私では、ダメですか？」

「そうじゃない」

抱擁を強めながら彼は続ける。

「ふれたいと思ったのも、ふれてほしいと思ったのも、あんただけだ」

ポツリポツリと呟かれる言葉に、サラの鼓動が速まる。

「それならば……何がダメなのですか？」

「俺は、好きでもない女とそういうことはしたくない。サラだって、そうだろう？」

「それは……はい」

「だから、させたくないんだ」

好きでもない相手との行為を「したくない」のではなく「させたくない」。

つまり、レゼルが拒んでいるわけではなく、サラに彼への好意がないのに行為を強いたくない、と思ってくれているということだろうか。

――つまり、レゼルは私としてもいいと……それくらいには「好きだ」と思ってくださっているということ？

そう気付いた途端、ジンワリと頬と胸の奥が熱を帯びだす。

――それで、私も「好き」ならしてもいいってことなのよね？

サラは自分の心に問いかける。レゼルが好きか。当然、好きだ。間違いない。

――でも、これは恋の好きなのかしら？

いまひとつ、絶対そうだと言い切る自信はない。

だって、恋なんてしたことがないし、していいとも思っていなかったから。

――こんな曖昧な好きじゃ、ダメかもしれないけれど……それでも。

そっとレゼルと目を合わせて、サラは告げた。

「お役に立たせてください」

「だから――」

「私は、あなたが好きです」

囁いた瞬間、レゼルが息を呑《の》み、ぎちりとサラの背に回った腕に力がこもる。

「……嘘《うそ》、つかなくていいぞ」

「いいえ。嘘ではありませんわ。ただ、いわゆる恋かどうかはまだわかりません。それでも好きなのは確かです。あなたといると楽しくて、あなたが笑っていると嬉しい。あなたが苦しむのは嫌で、あなたが苦しんでいるのに何もできないのは悲しいし、悔しい。少しでもいいから、あなたの助けになりたい。……そのような『好き』では、ダメですか？」

素直な気持ちを語りおえると、まばたきすら忘れてサラの言葉を聞いていたレゼルが、はっ、と小さく笑い声を漏らした。

「……なんだか、すごい告白されてるみたいだな」

軽口めいた口調だが、その目元はジンワリと朱に染まっている。

「……わかりません」

つられたように頬を染めながら、サラは睫毛《まつげ》を伏せた。

閉じた目蓋の向こうで、彼がジッとこちらを見つめているのがわかる。

やがて、熱を逃すように大きく息をつく気配がしたと思うと――。

「まぁ、あんたの気持ちはわかった。恋かどうかは置いといて、ちょっとは好きでいてくれるなら……ちょっとだけ、手、貸してくれ」

そんな言葉と共に唇を奪われた。

強く唇を押しつけられて、離れたかと思うと唇を食《は》まれ、は、と吐息をもらしたところで、すかさず舌を潜りこまされる。

ちょんと舌先がふれあって思わず身を引くと、スッと背を撫《な》で上げた大きな手に頭を撫でられ、押さえつけられた。

「っ、ふ、んんっ、ふっ」

ちゅくちゅくと舌が絡まり、こすれあうたびに、得も言われぬ甘い感覚が水音と共に頭に響く。

もう二度目だというのに上手く息ができず、頬がほてってってしかたない。

サラの背に回り、腰を抱く彼の腕に段々と力がこもっていくせいか、それとも衣服ごしに感じる逞しい身体がジワリと熱を帯びているためか。

鼓動が速まり、呼吸が乱れて、ついすがるように彼の背に手を回してしがみついてしまう。

苦しい。けれど、嫌ではない。

ふれあう場所から生じる、ゾクゾクと頭の後ろがむず痒《がゆ》くなるような感覚は、きっと閨教育《ねやきょういく》で習った快感というものなのだろう。

——気持ちよくなっている、ということなの……？

レゼルとの口付けで、サラが。

そう気付いた瞬間、いっそう頬の熱が増して、感覚が鮮明になるように感じられた。

——でも、これで手伝いになっているのかしら。

サラだけが気持ちよくなったところで意味がないのに。

そんな懸念と不満を抱いたところで、不意に抱擁がゆるみ、サラの背に回った彼の右手が離れて、衣《きぬ》ずれの音が耳に届いた。

音は下の方から聞こえた。

ギュッと彼に抱きついているため、ゴソゴソと彼が手を動かすたびに振動が伝わってきて、何をしているのかがおおよそわかってしまう。

今、ボタンを外しただとか、勢いよく前をくつろげたとか、「何か」を握りこんだようだとか。

次いで、しゅりしゅりと何かをこすり上げるような音と、腕を動かす振動が伝わってくる。

絡めたレゼルの舌が震え、は、とこぼれる心地よさそうな吐息に、サラの鼓動が跳ねた。

――いつもこうして、ご自分で慰めてらしたのね。

そっと薄目をひらけば、彼がきつく目を閉じているのが見える。

少し眉間に皺が寄って苦しそうだが、これが男性の感じている顔というものなのだろうか。

気持ちよくなってくれるのは嬉しい。嬉しいが。

どうして彼が自分でしているのだろう。

サラは少しの不満と善意から、そっとレゼルの背に回していた手を下ろし、二人の間にもぐりこませた。

「――っ」

そっと彼の手に手を重ねた途端、彼が息を呑み、動きをとめる。

「おい、何して――」

「手を貸してくれとおっしゃったではありませんか。使うのなら、私の手を使ってください」

「それは……そういう意味じゃない」

レゼルは目元を染めて否定すると、サラの両手をつかんで引きあげた。

「そこはいい。頭でも撫でててくれ」

「頭でよろしいのですか？」

「よろしいから、もう下には下ろすな」

そう言いつけて、レゼルはサラの手をわしゃりと自分の頭に押しつけると、左手でサラを抱えなおしてから、右手を定位置に戻した。

「……どうした、撫でてくれ」

「……はい」

本当にこれでいいのだろうか。

サラは少しの疑問と不満を抱きつつ、それでも要望に応えようと手を動かしはじめた。

艶やかな黒髪に指を潜《くぐ》らせ、頭皮に爪を立てないように気をつけながら、丁寧に丁寧に撫でる。

微《かす》かに眉間に皺を寄せ、こちらを睨《にら》んでいたレゼルの目が、段々と心地よさそうに細まっていくのを見て、サラは頬をゆるめる。

思っていたのとは違う気がするが、レゼルが気持ちよくなってくれているのなら、これはこれで悪くない。

微笑《ほほえ》ましい心地になったのも束《つか》の間《ま》。

レゼルがとまっていた右手を動かし、手遊びを再開した途端、彼の表情が色香を帯びて、サラは小さく息を呑んだ。

凜々《りり》しく整った顔が快楽に歪《ゆが》み、形の良い唇からこぼれる吐息が熱を帯び、荒くなっていく。

心地よさそうに震えるレゼルの睫毛を見つめるうちに、その興奮がうつったように、トクトクとサラの鼓動が速まり、彼が手を動かしているあたり、下腹部に熱っぽい疼《うず》きが生まれる。

——私は、ふれられていないのに……。

不思議に思いつつ視線を落として、あ、と目をみはる。

レゼルの手元が見えたからではない。

見てみたい気持ちはあるが、彼と抱き合う自分の身体に邪魔されて見えなかった。

代わりに視界に入ったのは、その自分の身体。

シュミーズの胸元を押しあげるふたつのふくらみ、その中心が、ツンと立ち上がっていた。

——え、どうして？

ひどく寒い日にこうなってしまうことはあったが、今は暑いくらいだというのに。

閨教育ではどうだっただろう。

——ここは男性を楽しませたり、子供に乳を与えたりするための場所だと教わったけれど……。

胸で快感を得られる女性もいるが、そうでない女性も多いのであまり期待せず、ふれられて不快感や痛みを覚えても、相手を想《おも》って我慢するようにと。

こうなっているのは何か意味があるのだろうか。

首を傾げかけたところで、は、とレゼルが息を乱し、いっそう強く抱きしめられる。

「――んっ」

二人の間にわずかにあった距離が埋まり、彼の胸板にぶつかって、ふにゅりと胸が潰れる。

その瞬間、胸の先にツキンと痛みにも似た甘い痺《しび》れが走って、サラは思わず声を上げていた。

ピタリと彼の動きがとまり、ふれあう身体の熱がジワリと増す。

「……サラ」

「は、はい」

「ちょっと、膝立ちになってくれるか」

背を抱く彼の手が離れ、かすれた声でねだられて、サラは「はい」と従う。

レゼルの両脚を跨いだまま、寝台に両膝をついて身体をまっすぐに伸ばす。

すると、ちょうど彼の顔の前にサラの胸がくる形になって――。

「――ひゃっ」

ツンと主張していた胸の先に、シュミーズの上から食らいつかれて、サラは悲鳴――というには甘すぎるが――を上げた。

「やっ、あ、な、んんっ」

やさしく歯を立てられ、コリコリと転がされるたびに、ジンとした甘い痺れが胸の奥へと走る。

口付けとはまた違った心地よさに、サラは戸惑う。

「ん、ふ……、ぅ、はぁ、あっ」

突然、ぢゅっと吸われて肩が跳ね、かと思えば、舌の腹でじっくりと舐《ねぶ》られ、ゾワゾワともどかしいような感覚に身を震わせて。

サラの息が乱れるほどに、胸にかかるレゼルの息遣いも荒々しいものへと変わっていく。

――興奮してくださっているのかしら。

先ほどサラが快感に酔うレゼルを見てドキドキしたように。

レゼルもサラを乱すことで、昂ぶりを覚えてくれているのだ。

そう思ったら嬲《なぶ》られている胸と、ヘソの下あたりにキュンと甘い疼きが走った。

――ん、熱い。

彼の両脚の分だけひらいた脚の間が、ジクジクと熱を帯びているのがわかる。

月のものの時期ではないのに、身体の奥から何かあふれてきそうで、キュッとおなかと脚に力をこめると、それが伝わったのかレゼルの動きがとまった。

ゆっくりと彼が顔を上げて、スッと胸のあたりが涼しくなり、サラは小さく身を震わせる。

唾液に濡《ぬ》れたシュミーズは、すっかりと肌に貼りつき、ぷくりとふくれた頂きの色も形も透けてしまっていて、なんともいやらしい。

レゼルはそれをジックリとながめてから、ふっ、と息を吹きかけ、またひとつサラを震わせたと思うと、彼自身を慰めていた手をシュミーズの裾から滑りこませた。

うっすらと汗をかいたサラの肌を、骨ばった指がなぞりあげ、尻をひと撫でして熱源へとふれる。

「――んっ」

くちゅりと響いた水音と快感に、反射のようにサラは腰を揺らしてしまう。

「……濡れてるな」

ポツリとレゼルが呟く。

その声は少し掠《かす》れていて、ひどく嬉しそうで、どこか苦しげにも聞こえた。

「……悪いことでは、ありませんわよね？」

おそるおそるサラは問う。

閨教育では女性は快感を得ると、男性を受け入れるためにそうなるのだと習った。

それは自然で幸福なことで、互いに思いあえている証《あかし》でもあるのだと。

「あなたに気持ちよくしていただいたから、そうなったのですものね？」

「っ、……ああ、そうだ。だから、もっと『そう』なれ」

一瞬息を呑み、ギリリと奥歯を噛《か》みしめる気配がした後。

レゼルはそう言って、再びサラの胸に顔を伏せた。

「ん、……え？っ、待って、両方はっ、ぁあっ」

とめる間はもらえなかった。

胸の先を食まれつつ、潤む蜜口を指先でくすぐられ、ゾクゾクと背すじを這《は》いあがる甘い痺れにサラは身を震わせる。

自分の脚の間から聞こえる水音が次第に高まっていくのに、羞恥で頬がほてる。

「ふっ、ん、ぁっ、――んんっ」

不意に蜜口をくすぐる手が離れ、前に回って割れ目をなぞりあげられたと思うと、ズキンとした鋭い快感が響いた。

反射のように腰を引けば、がしりと左手で尻をつかまれ引きもどされる。

「ぁ、レゼル、そこ、やっ、待って……！」

そこが花芯と呼ばれる場所だとは知っている。

女性が快感を得やすい場所だということも。でも、ここまでとは思わなかった。

「んっ、ふ、ぁ、ぁあ、は……っ」

花の芽のような小さな小さな器官がもたらす快感に、サラは翻弄される。

蜜口からすくった蜜を花芯に塗りつけられ、くすぐるように揺さぶられると、ズキズキと甘い痺れが広がり、喉の奥から甘えるような声がこぼれてしまう。

胸への刺激もあいまって、もうどうにかなりそうだ。

「……はは、すごい腰揺れてる。やらしくて、可愛いな」

「っ、あ、ごめんなさっ」

尻を撫でながら囁かれ、サラが上ずる声で謝るとレゼルは「謝らなくていい」と笑った後。

「でも、他のヤツにはやるなよ」

ボソリと呟くと、サラが何か言う前にサラの胸に食らいついた。

「ぁあっ」

束の間の休憩を挟んでからの強い刺激に、サラの喉から甘い悲鳴がこぼれる。

そのまま胸の先を甘噛みされつつ、蜜にまみれた指の腹で撫でられ、摘まれ、ぐちぐちと捏《こ》ねられて、過ぎた快感にジワリと汗が噴き出す。

「っ、ダメ、レゼル、何か変、ですっ」

「変……ここらへんが熱い感じか？」

問いながら、さわりとヘソの下あたりを濡れた指先でくすぐられて、サラは身を震わせる。

「っ、はい」

「じゃあ、いきそうってことだろう」

「いきそう？」

「ああ。気持ちよくなると、女も『いく』んだ。変じゃないから、そのままいっていいぞ」

「え、どういう、――っ、ぁ、ぁあっ」

いっそう熱心に嬲られだして、サラの口からこぼれかけた疑問は喘《あえ》ぎへと塗り替えられる。

上からと下から、それぞれの快感が合流して下腹部に溜《た》まり、熱がこもってふくらんでいく。

「……ああ、蕩《とろ》けた顔も可愛いな」

未知の刺激をうけとめるのに必死で、レゼルが呟く声も耳に入らない。

「く、ふぅ、ふっ、ぅぅっ」

段々と何かがせりあがってくるような感覚と共に、脚に腹に力がこもっていって。

ある瞬間、弾けた。

特別強い刺激を与えられたわけではない。

水をなみなみと注いだグラスに最後の一滴を落としたように、閾値《いきち》を超えて押し上げられた。

「っ、っ、〜〜っ」

つま先から頭の天辺《てっぺん》までぶわりと熱い何かが吹き抜けていったようだった。

ピンと脚が強《こわ》ばったかと思うと、ガクガクと震える。

——これが、「いく」ということなの？

サラは奥歯を噛みしめ、ふうふうと息を荒らげながら、未知の感覚を受けとめる。

「はぁ、はぁ……きゃっ」

ようやく快感の奔流が収まりかけたところで、フッと気が抜け、ついでに力も抜けてしまって。

「ひゃぅっ」

「——っ」

何か硬いものに当たったと思ったときには、それをなぎ倒すように座りこんでいた。

「……折れるかと思った」

ポツリとした呟きが耳をくすぐるが、サラには聞こえていない。

——これが、レゼルの……？

びっちりと割れ目に沿うように貼りつき、押し潰そうとするサラを跳ね返すような弾力を持つ、
太々《ふとぶと》とした熱の塊が力強く脈打っている。

これほど存在感のあるものなのか、という衝撃と驚きに目をみひらく。

次いで、これが女性の中に、もしかしたら自分の中に入るものなのだと思い至った瞬間。

「ん、……はは、今、ヒクッてなったな」

「なっ、なっていません！」

心地よさそうに眉を寄せたレゼルに笑いまじりに言われて、ついついサラは否定してしまう。

「いや、なった」

「なって……いないと思います」

言い返す声はどんどん小さくなっていく。

だって、そこに意識を向けたら、わかってしまうから。

今だって、「いった」余韻に震えるそこが、彼の雄に媚《こ》びるようにひくついていることが。

「……そっか。なら、なってないってことでいい」

「……はい」

「なってなくていいから、もうちょっと遊んでくれ」

甘くかすれた声でねだられたかと思うと、ガシリと腰をつかまれ、揺さぶられだした。

「あ、やっ、こすれ、ぁあっ」

「っ、……はは、ぐちゃぐちゃだな！」

あふれるサラの蜜がたちまちのうちにレゼルの雄を濡らし、ぬめらせて、耳を塞ぎたくなるような粘着音と共に快感が響く。

恥ずかしくて仕方がないのに、気持ちよくてたまらなかった。

レゼルのそれはただの滑らかな棒状ではないようで、太い血管が網目のように浮き出ている。

その細かな凹凸が、揺らされるたびに蜜口や花芯を刺激しているのだろう。指でふれられたときとはまた違う快感に、サラは息を喘がせる。

先ほどの「いった」余韻も冷めやらぬうちに、このような刺激を与えられてはたまらない。

下腹部に熱が集まり、またたく間にふくらんでいく。

「あぁ、や、またっ」

「……ん、また、いきそうか?」

「は、はいっ、たぶん、また、いきますっ」

サラが上ずった声で答えると、レゼルは一瞬顔を歪め、それから舌打ちをひとつして。

「ああ、くそっ、こんなの我慢できるか……!」

サラを抱きしめたまま、グルンと振り向き、サラを寝台に押し倒した。

「きゃっ」

「なんで、そんな可愛いんだよ!?」

「へっ、ひゃうっ」

両脚をまとめて抱えこまれ、シュミーズの裾がめくれあがる。

かと思えば、脚の間に雄を捻《ね》じこまれて、先ほどとはまた違った形で与えられる刺激に、サラの口から甘鳴《かんめい》がこぼれた。

「なんだその声、可愛い声出しやがって! もっと聴かせろよ!」

「えっ、あ、ごめんなさっ、ぁあっ」

謝る間もなく――謝るべきなのかどうかは謎だが――激しく揺さぶられて、サラは高まる快感に翻弄される。

「そういう声じゃなくても、もっと聴きたいのに」

「あっ、ん、えっ」

サラを喘がせながら、レゼルが顔をしかめて呟く。

「ろくに話す時間もないし、近ごろはロニーとばっかり仲良くしやがって……！」

ボソリと聞こえた言葉に、サラはパチリと目をみひらく。

では、最近不満げというか、少しだけ苛立っているように見えたのは、もしや。

――ロニーとの仲に、嫉妬してくださっていたの？

そう気付いた瞬間、わかった。

他の男との仲を疑う、身勝手ともいえる独占欲が嬉しくて、けれど同時に、「そう思うのなら、もっと一緒にいてくだされぱいいのに！」という身勝手な不満が胸に広がって。

ちょっぴり身勝手で、とても甘くて、とても熱い。

家族に向けるものとも、友人に向けるものとも違う、この感情は、きっと。

これが恋なのだわ――と。

曖昧だった心の輪郭が定まったような気がした。

「わ、私だってっ」

「ん？」

「あ、あなたとっ、もっとお話ししたいし、仲良くもしたいです！」

上ずる声で告げると、今度はレゼルの方がパチリと目をみひらき、直後、キュッと細めて。

「可愛いこと言いやがって……！」

呻《うめ》くように言い返されたかと思うと、食らいつくように口付けられた。

彼が身をかがめたことでまた角度が変わり、花芯をすりつぶすようにこすり上げられて、サラはたまらず甘えた悲鳴を上げる。

「やぁ、あっ、つぶれちゃっ」

「っ、つぶれねぇよ」

「ううっ、や、いく、いくっ」

「〜っ、いけ、サラ、そのままいけ！」

熱のこもった声で命じられ、大きく腰を引かれた次の瞬間、強く突きだされる。

ふくれた熱の塊に割れ目から花芯まで、ずろりとこすりあげられて、サラの頭が白く染まった。

「ぁぁあっ」

令嬢としての慎みも品も忘れて、あられもない嬌声《きようせい》を張りあげ、背をそらす。

身体が強ばり、ビクビクと打ち震える。

自然と脚の間にあった彼の雄を強く挟みこむことにもなって――。

「っ、ぐ」

低い呻きと共に、飛び散る熱いしぶきを肌に感じながら、サラの意識は遠ざかっていった。

＊＊＊

心地よい気だるさと共に目を覚まし、目蓋をひらいて見えたのは、いつかと同じ光景だった。

「……おはようございます、レゼル」

サラは寝台の片隅でひれ伏す彼に向かって、そっと声をかける。

「………オハヨウゴザイマス」

丁寧な挨拶が返ってきたところで、サラはゆっくりと身を起こす。

下腹部にジンワリとした熱の名残のようなものを感じるが、それは決して不快なものではない。

「……あの、昨夜のことは」

「覚えて……ます。だいたい、たぶん、きちんと、ぜんぶ、すみません」

だいぶ乱れた返答と謝罪に、サラは思わず頬をゆるめる。

「謝らないでください」

「だが――」

「まったく、嫌ではありませんでしたから。……むしろ、謝るのは私の方ですわ」

そう告げた途端、レゼルがバッと身を起こして睨んでくる。

「どうしてサラが謝るんだよ!?」

「だって、結局一度しかお手伝いできなかったので……」

レゼルの昂ぶりを鎮めるはずが、サラばかり気持ちよくなってしまって、彼の熱を発散できたのはたったの一回だけ。

「手伝いたいなどと言っておきながら、たった一回で、先に寝てしまってごめんなさい」

眉を下げて詫《わ》びると、ジワジワと彼の目元が赤らんでいって、ぷいと顔を背けられる。

「……それこそ、謝ることじゃない」

「ですが……」

「大丈夫だ。昨日は、その一回でだいぶ落ち着いたから……割と、けっこう、じっくりやったからだろうな」

目元を染めたまま気恥ずかしそうに告げられて、サラまでつられて頬が熱くなる。

「あ、ああ、そうなのですね。それは、よろしゅうございました」

「……今さら照れるなよ」

「っ、ごめんなさい」

「いや、別に謝る必要はないが……」

ボソボソと言葉を交わしおえて、気まずいような、むず痒いような沈黙が広がる。

やがて、視線をそらしたまま、レゼルが口をひらいた。

「……やっぱり、あんたにあんなことさせたくなかった」

呟かれた言葉に、サラは睫毛を伏せる。

やはり、手伝いの押し売りをするべきではなかっただろうか。

しょんぼりと肩を落とし、うなだれかけたところで、スッと彼がこちらに目を向ける気配がして、続きが聞こえた。

「それでも、正直助かった。サラが嫌じゃなければ……また、頼む」

え、と顔を上げると、気恥ずかしげに微笑むレゼルと目があい、トクリとサラの鼓動が跳ねる。

――また、頼む……サラが嫌じゃなければ、なんて。

つまり、彼は嫌ではなかった、またしたい、してもいいと思ってくれたということだ。

――よかった……！

ジワジワと胸の奥から甘やかな喜びがこみ上げてくるのを感じつつ、サラは「はい、喜んで！」と弾んだ声で返したのだった。

# 第五章 ✦ あなた以外に嫁げないようにしてください

また一枚、暦がめくれ、サラがレゼルのもとに来て、三カ月目に入った夏の宵。

「……もう、結婚してしまえばいいのに」

のんびりと夕食をすませた後。

与えられた部屋のライティングデスクで、新たな情報を記念日リストに書きこんでいたところ、その様子を傍らで見守っていたロニーがポツリと呟《つぶや》いた。

「え？」

「ひとりごとです」

リストから顔を上げたサラの目を、まっすぐに見つめてロニーは言う。

「どこかのお二人が、近ごろは見ていてむず痒《がゆ》くなるほど仲睦《なかむつ》まじくていらっしゃるのに、これで恋人でもなんでもないのかと思ったら、もどかしくなりまして、つい本音が口からこぼれてしまいました」

滔々《とうとう》と告げられる言葉を、サラは目をみはって聞いた後、ジワジワと頬が熱くなるのを感じた。

確かに、ロニーの言う通り、レゼルとの距離は以前よりも近付いた。

つい先日、ここに来て三度目の満月の夜には、レゼルの発情を鎮めるため、二度目の「手伝い」をしたし、それ以外の夜や朝も、彼が「必要そうな状態」になっていたら協力している。

必要そうじゃないときでも、軽い口付けくらいならばしなくもない。

「いく」の意味も、レゼルのおかげで、今ではきちんと理解している。

最後のケジメだと彼が言うので、互いに裸身を晒《さら》したことはないとはいえ、それなりに、いや、かなり、親密といえる間柄にはなったと思う。

傍《はた》からもそう見えるのならば、とても嬉《うれ》しい。けれど。

「……ひとりごとならば、聞かなかったことにしておきますわね」

微笑を浮かべてそう返すと、ロニーは「おや?」というように眉をひそめた。

「そうやってごまかしになるということは、サラ様は旦那様とご結婚なさりたくない、ということでしょうか?」

「……どこかのお二人のお話ではなかったのですか」

「方針を変えました。遠回しに伺っては、本音を聞きだせないかと思いまして」

「判断が速いのですね」

苦笑まじりに言ってから、サラは少しのためらいの後、本心を告げた。

「結婚したくないといえば嘘《うそ》になります。ですが……」

言われるまですっかり忘れていた。

いや、もしかすると忘れていたかったのかもしれない。

レゼルもいつか、きちんとした妻を迎えなくてはいけないのだということを。

そして、そうなったなら、彼のそばを離れなくてはいけないことも。

「……貴族の結婚は好き嫌いだけでしていいものではありません」

レゼルがサラを、サラが望む以上に好いていてくれたとしても、甘えるわけにはいかない。

もしもレゼルが平民のままだったなら、サラも図々《ずうずう》しくなれただろう。

けれど、そうではないから。

「奴隷、それも性奴隷を、表に出せない女を妻にしては、社交界で笑いものになってしまいます」

身じろいだ拍子に、しゃらりと足首で揺れるアンクレット。

レゼルの態度が甘すぎるせいで、屋敷の皆は「旦那様からの贈り物」的な認識でいてくれる。

けれど、これは本来「奴隷の証《あかし》」で、サラが表舞台から消えることになった「罪の証」でもあるのだ。

「せっかく正当な評価を受けられるようになってきたのに……私のせいでだいなしになるなんて、絶対に嫌ですもの」

このまま評価が上がっていけば、レゼルと縁を結びたいと思う家も出てくるだろう。

その機会を逃してほしくない。

心やさしく美しい令嬢は大勢いる。

レゼルが心を動かされる、サラ以上に気に入る者も、きっと見つかるはずだ。

「……なるほど、旦那様のために弁《わきま》えたい、というわけですか」

ふむ、と頷《うなず》いて、ロニーは苦笑まじりに続ける。

「そう言われてしまいますと、『そんなことは気にするな』と簡単には申せませんね……負い目を抱えて結婚することになっては、サラ様がお辛《つら》いでしょうから」

「いえ、私が辛いのは別に――」

そんなつもりで言ったわけではないと否定しようとしたところで、ノックの音に遮られた。

「――サラ、入っていいか？」

「っ、はい、どうぞ！」

慌てて返事をしながら立ち上がったところで、扉がひらいてレゼルが入ってきた。

「お帰りなさいませ、今日はずいぶんとお早いのですねっ」

「ああ、珍しく平和な一日だった」

焦ったように尋ねるサラに、レゼルは騎士服の上着のポケットに何かを押しこみながら、明るく答える。

それから、スタスタと歩いてくるとサラの書いていたリストに視線を向けて、笑みを深めた。

「ああ、このあいだの晩餐《ばんさん》のやつか？」

「はい。ウルヤーン卿《きょう》が猫を飼いはじめたと教えてくださったでしょう？」

レゼルの視線の先には、ウルヤーン伯爵家についての情報が書かれている。

つい先ほど、その一番下に、新たに拙いイラスト付きで白猫の情報が加えられたところだ。

「ああ。まだ小さいから子供部屋で過ごさせているそうだが、もう少ししたら屋敷の探検をさせてやるとか言ってたな」

「ウルヤーン伯爵ご夫妻は愛猫家なのです。ですが、三番目のご子息が、猫の毛が体質に合わないそうで、『あの子が独り立ちしたら飼いたい』と奥様が以前おっしゃっていたのです」

「あー、じゃあ、そういうお祝いが近いってことか」

「はい」

ニコリと笑って答えながら、サラは内心、ホッと胸を撫《な》で下ろしていた。

どうやら、ロニーとの会話は聞かれていなかったようだ。

そっとロニーに目配せをすると「心得ております」というように軽い頷きが返ってくる。

これでいい。先ほどのロニーの言葉は聞かなかったことにしてしまおう。

サラがレゼルと結婚してしまえばいいなんて、そんな甘い夢想は。

——忘れてしまいましょう。

そう自分に言いきかせながらも、サラはわかっていた。

きっと忘れることなんてできないし、この先レゼルが誰かを選び、幸せな結婚をしたとしても、心から祝福することはできないだろうと。

——まったく、欲深いこと。

醜いともいえるそんな気持ちも、不思議と素直に認められた。

立派な王太子妃となるべく頑張っていたころならば、できなかったかもしれない。

けれど、今のサラはただの奴隷で、レゼルに恋する一人の女だから、少しくらいの心の醜さも、仕方ないと受け入れられる気がした。

——そうね、仕方ないわ。初恋ですもの。

ずっとこの先も、レゼルはサラの中で特別でありつづけてしまうだろう。

——だから、そばにいられるうちは精一杯、役に立ちましょう。

好きな人のためにというだけでなく、いつか離れる日が来ても悔いがないように、彼の中に少しでも多く残れるように。

——ずっと忘れないでいてもらえるように……なんて、本当に欲深いわね。

そんな自分に心の中で溜《た》め息《いき》をつきながらも、サラは笑顔でレゼルと語らい続けた。

＊＊＊

いつかくる別れを覚悟した、その三日後のこと。

「……サラ、落としたいヤツがいるんだが、助けてくれるか？」

パルス伯爵家の晩餐に招かれたレゼルから、帰ってくるなり、そう頼まれて、サラは目をみはることとなった。

——まぁ、珍しい……というよりも、初めてね。

レゼルの背後で騎士服の上着を受け取り、畳んでいたロニーも驚いたような顔をしている。

これまでレゼルは贈り物をする家、交流する相手について何か希望や指示を出したことはない。

すべてサラとロニーに任せていた。

——もしや、どなたか見初められたとか……？

先日、ごく内輪の小さなものではあるが、初めて夜会に招かれたのだ。

きっと年ごろの令嬢とも会っただろう。

そして、その家とお近付きになりたいと思ったのかもしれない。

ズキリと胸が痛むのを感じながら、サラはニコリと笑って頷いた。

「もちろんですわ。どなたでしょう？」

「ありがとう。ロイスクープ侯爵だ」

レゼルが口にした名に、サラはまたしてもパチリと目をみはり、ああ、なるほどと頷いた。

ロイスクープ侯爵家は歴史ある名家で、ロイスクープ侯爵は中立派の中心人物だ。

——パルス伯爵も中立派のお一人だから、晩餐で話題に出たのでしょうね。

スッと背が高く、怜悧《れいり》な顔立ちをしていて、自他共に厳しい公明正大な人柄で知られている。

——レゼルのことも、きちんとダシルヴァ卿と呼んでいたもの。

平民出のレゼルを貴族らしく呼ぶことを嫌がり、嫌みやからかいまじりに「黒の英雄殿」と呼ぶ貴族が少なくない中、ロイスクープ侯爵は最初から爵位名でレゼルを呼んでいた。

レゼルが東の国境の砦《とりで》に一人残ったとき、レゼルの「援護をするべきだ」と主張したのも彼だ。

そのような気性ゆえ、リフモルド侯爵とは価値観が合わないようで、よく議会で対立していたが、いつも一歩も引かずにやりこめていた。

彼の支持を得ることができたら、社交界での地位も一気に上がるだろう。

「今日の晩餐で侯爵の話が出て、そういえば、前に招待状をくれたのに行けなかったなって思いだして……今ならまともな縁を作れるんじゃないかと思ったんだ」

「まぁ、そうだったのですね！」

おおよそ予想した通りの言葉に、サラはニコリと微笑《ほほえ》み、内心、ホッと胸を撫で下ろす。

――でも、よかったわ……お嬢様が目当てではなくて。

ロイスクープ侯爵には、亡き奥方との間に三人の息子がいるが娘も姪《めい》もいない。

たちまち気分が上向くのに、現金なことだと自分に呆《あき》れつつ、サラはレゼルに笑いかける。

「ロイスクープ卿ですわね。ちょうどよかった、といってはなんですが……奥様の誕生日が七日後ですので、贈り物をご用意しましょう」

「誕生日？　ですがサラ様、閣下の奥様は四年前に亡くなられてらっしゃいますよね？」

ロニーの疑問に、サラは「はい」と頷き、微笑を浮かべて理由を説明した。

「奥様はとても朗らかで、悲しいことがお嫌いで、生前、言ってらしたのです。『私が死んだ日に私を想《おも》ってほしくないの。だって、どうしても「そのとき」のことを思いだしてしまうでしょう？思いだしてもらうなら誕生日がいいわ。楽しい思い出がたくさんあるもの！』と」

「……ああ、わかる気がするな」

レゼルが頷く。

「確かに命日だと、看取《みと》ったときのことを嫌でも思いだすからな。誕生日とは、いい考えだ」

きっと母親のことを思いだしているのだろう。

口調は軽く、口元に微笑を浮かべながらも、金色の瞳によぎる憂いの色に、サラは胸が締めつけられるような心地になるが、気付かなかったことにして続ける。

「……貴族では珍しいことですが、ロイスクープ卿と奥様は心から愛しあってらっしゃいました。ですから、奥様のお気持ちを尊重して、誕生日に悼んでらっしゃるのです。私も毎年、ささやかではありますが、お悔やみの気持ちをお贈りしていました」

ヘンリーは「死んだ人間に誕生日プレゼントか？」と嗤《わら》っていたが……。

「そうか。じゃあ、今年は俺が代わりに贈らせてもらうとしよう」

「はい、そうしてくださいませ！」

初めてレゼルから望んだ縁だ。必ずや、上手《うま》く取りもってみせる。

そう意気ごんで、サラは吟味に吟味を重ねて、ロイスクープ侯爵への贈り物と手紙を用意して、ロニーに預けたのだった。

それが自分とレゼルの運命を大きく変えることになるとは知らずに。

＊＊＊

その日、サラは朝から落ち着かなかった。

ロイスクープ侯爵の奥方の誕生日から三日が過ぎたというのに、侯爵から連絡がないのだ。

——どうして、何も言ってきてくださらないの……？

贈り物を受けとったら、なるべく早く、できれば翌日のうちに「ありがとう」でも「無事に受け取りました」でも、なんらかのメッセージを送るのがマナーだ。

名門貴族であるロイスクープ侯爵が、それを知らないはずがない。

メッセージを送らないということは「何も言いたくないほど不愉快」という意思表示になる。

奥方を悼みつつ、生前の彼女と侯爵が喜んでくれそうなものをと選んだつもりだったが、気分を害してしまったのかもしれない。

――ああ、どうしましょう！　私のせいでレゼルが恨まれてしまったら！

ヘンリーの代行をしていたときも、失敗したらどうしようと不安になったことはあった。

けれど、そのときよりもずっと怖い。

好きな人を自分のせいで窮地に陥れてしまうかもしれないなんて。

――いえ、まだそうと決まったわけではないわ……ただ、何かご事情があって、お返事が遅れているだけかもしれないもの！

手紙でも言伝《ことづて》でもなんでもいい。どうか今日中には、反応を返してくれますように。

そんなことを祈りつつ、悶々《もんもん》と一日を過ごし、夜を迎えて。

キリキリと胃が痛みはじめたころ、サラの願いは思いもかけない形で叶《かな》えられた。

その日の夜。

手紙でも言伝でもなく、ロイスクープ侯爵本人が屋敷を訪ねてきたのだ。

＊　＊　＊

不手際をレゼルに詫《わ》びるため、玄関ホールにまで迎えに出て。

「もうしわけありません、レゼル、私――」

レゼルの傍らに立つ、長身痩軀《ちょうしんそうく》の白髪の紳士を目にしたサラは、レゼルに駆け寄りかけた格好のまま、固まってしまった。

「……お久しぶりですな、サラ様」

低くしゃがれた声で名を呼ばれ、ようやくサラの時間が動きだす。

「っ、はい。お久しゅうございます、ロイスクープ卿。……いえ、閣下」

「おやめください。これまで通りの呼び方でけっこうです」

「ですが……」

「そうするために、私はダシルヴァ卿についてきたのですから」

「……それは、どういった意味でしょうか？」

戸惑うサラの問いに、ロイスクープ侯爵は深い青色の宮廷服の上着の襟を正し、スッと背すじを伸ばして答えた。

「あなたの汚名を晴らし、あるべき場所にお戻ししたい。それが彼の願いで、私はその協力を頼まれたのです」

厳粛な口調で告げられた言葉の意味を、サラは一瞬理解できなかった。

二呼吸の間を置いて、ようやく理解が追いついたところで、ノロノロとレゼルに視線を向けると、悪戯《いたずら》がバレた子供のように肩をすくめて告げられた。

「悪い。先に言ったら絶対遠慮すると思って、言わなかった」

「そんな……！」

「サラ様」

抗議の声を上げかけたサラを、ロイスクープ侯爵が静かに窘《たしな》める。

「彼も生半可な気持ちで私に声をかけたわけではないでしょう。応じると決めた、私もそうです。まずは話を聞いていただけますかな」

「……はい、もうしわけございません」

サラは背すじを正して、そう答えるほかなかった。


応接室に場所を移して、サラとレゼル、その向かいにロイスクープ侯爵という形で、テーブルを挟んで腰を落ちつけたところで、侯爵が話を切りだした。

「まずは、先日の贈り物の……こちらの御礼《おれい》を言わせてください」

そう言って、上着のポケットから取り出したのは深い青色のベルベットの小箱だった。

そっと蓋をひらいて現れたのは、スズランのクラヴァットピンとブローチ。

「これを見て、やはり、と思いました」

元々、噂《うわさ》にはなっていたのだという。

レゼルの急な変化に、裏で知恵を授けている者がいるのではないかと。

「ダシルヴァ卿は執事のおかげだと言い、皆は『黒の英雄殿は優秀な執事を持って幸運ですな！』と笑っていましたが、私は……いえ、きっと何人かは『もしかしたら』と思っていたはずです」

レゼルを助けているのは執事ではなく、突然姿を消したサラではないかと。

「とはいえ、確信はありませんでした。そんな折、こちらをいただいて……」

言いながら贈り物に目を向けたところで、鋭いまなざしがゆるみ、灰色の瞳に温かな光が灯《とも》る。

「妻はおそろいが好きで、なんでも私と一緒でないと嫌がったものです。一緒は嫌だと言ったのは……病を得たときだけでした」

寂しげに目を伏せた後、スッとサラに視線を戻す。

「スズランは妻が最も愛した花でした。スズランの花が好きなこと、私とおそろいが好きなこと、誕生日に彼女を悼んでいること、どれも中立派の家のご夫人であれば茶会などで知る機会はあったでしょう。ですが、ダシルヴァ卿の執事が以前仕えていた家は中立派ではない」

交流もほとんどなかった家の、それも従僕でしかなかった者がどうやって知りえたのか。

「……予想が確信に近付いて、贈り物に添えられた手紙をひらいたとき、確定したのです」

再び上着のポケットに手を入れ、ロイスクープ侯爵が取りだしたのは一通の手紙だった。

封筒をあけ、スッと引きだされた便箋をテーブルの上に置かれて、サラは、え、と目をみはる。

便箋に並んでいたのはロニーの字ではなく、見慣れた自分のものだったのだ。

「……せっかく書いてもらったロニーには悪いが、『原本』の方を送らせてもらった。サラの字だと気付いたら、どんな反応をするか確かめたくてな」

レゼルの言葉にロイスクープ侯爵は小さく頷いた。

「ええ、試されているのだとわかりました。サラ様とヘンリー殿下の問題に関わる気はあるのか、それとも見て見ぬふりをするのか……私は前者を選び、妻の誕生日の翌日、黒鉄《くろがね》騎士団の詰め所を訪ねて、ダシルヴァ卿に『この手紙は誰が書いたのですか』と問うたのです」

そこで一瞬唇を引き結んでから、ロイスクープ侯爵は続けた。

「……彼は言いました。『俺が買った性奴隷が書いた』と」

その瞬間、灰色の瞳に燃え立つような激しい感情が浮かび上がり、サラはハッと息を呑《の》む。

「私は激怒しました。腸《はらわた》が煮えくりかえるとはこのことかと」

「っ、違うのです！　確かに買われはしましたが、レゼルは私を助けてくださって――」

「ダシルヴァ卿にではなく、ヘンリー殿下とリフモルド卿に対してです」

「え？」

「サラ、あんたは辺境の修道院に入ったことになっていたんだ」

不快そうに眉をひそめたレゼルから告げられ、サラは奴隷商の館で、ヘンリーから投げかけられた言葉を思いだした。

さすがに外聞が悪いからな。表向きは別の刑罰を与えたことにしてやる――確かに、そう言っていた。

「サラ様、『政争で負けたものがすべてを失うのはよくあること』、そうダシルヴァ卿におっしゃったそうですね。私も、あなたが修道院に送られたと耳にしたとき、リフモルド侯爵の策に負けて、潔く身を引いたのであれば、それもいたしかたないことかもしれないと、愚かにも一度は納得してしまいました……オネソイル公爵家には咎《とが》めもなく、ただあなたが修道院に送られただけならば、むしろ、ヘンリー殿下のお守《も》りから解放され、心穏やかに過ごされているかもしれないとさえ……呑気《のんき》なことを考えていたのです」

その判断を悔やむように眉間に深い皺《しわ》を寄せ、ロイスクープ侯爵は言う。

「ですが、ダシルヴァ卿から話を聞いて……ようやく決心がつきました」

「決心、とは？」

「中立をやめて、ヘンリー殿下とリフモルド卿を廃するため、ダシルヴァ卿に与《くみ》する決心です」

サラはハッと息を呑み、直後、こみあげる喜びを振り払うように強く頭を振って告げた。

「……いけません」

ロイスクープ侯爵と、さほど親しかった覚えはない。

むしろ、ヘンリーを御せないことで苦言を呈されることが多かったくらいだ。

下手をすれば、それこそすべてを失いかねない行為に加担させるわけにはいかない。

ロイスクープ侯爵だけでなく、もちろんレゼルにも。

「お気持ちは嬉しいですわ。ですが、私は今、充分幸せです。ご迷惑をおかけしてまで、元の地位に戻りたいとは思いません」

二人に伝わるよう、順々に目を見て告げれば、レゼルはあからさまに不服げに顔をしかめる。

ロイスクープ侯爵はというと、一度唇を引き結んだ後、厳しい表情で言い返してきた。

「……あなただけの問題ではないのです」

「……どういうことですか？」

「ようやく決心がついた、と申しましたでしょう」

つまり、レゼルの話を聞く前から、その考えが頭にあったということだろうか。

目顔で問うサラに、ロイスクープ侯爵は小さく頷いて告げた。

「……あなたがいなくなって、あなたが担っていた役割をリフモルド卿が引き継ぎました。あなたと違いリフモルド卿は殿下を咎めず、甘やかし、愚かな傀儡《かいらい》にしようとしています。いえ、すでになっているとも言えるでしょう」

「……すでに実害が出ている、ということでしょうか？」

「はい。リフモルド卿が提案した大規模な治水事業に、殿下は中身の精査もせずに許可を出し、民に新たな税を課すことを決めてしまわれました。議会では反対の声も多く上がりましたが、陛下がご療養中の今、最終的な決定権は殿下にございますので……」

「そんな……」

思わずサラが言葉を失うと、ロイスクープ侯爵は「それだけが理由ではございませんが……」と厳しいまなざしで続けた。

「殿下に対する、社交界での信頼も失墜しつつあります。我々中立派だけでなく、リフモルド卿に与する者たちからも……」

「それはまた、どうしてでしょう？」

味方のはずの貴族からも見放されるなんて、いったい何をしてしまったのだろう。

サラの疑問にロイスクープ侯爵は、ふ、と苦笑を浮かべて答えた。

「贈り物をやめたからです」

「……まさか」

ヘンリーから「やっておいてくれ」と丸投げされた仕事の中には、贈り物の手配もあった。

「そのまさかです。『何を贈っていいかわからないし、なぜ贈らなければならないかもわからない』とおっしゃって……リフモルド卿も、殿下が孤立するのは好都合と思っているのでしょう。諫《いさ》めもしません」

普段から交流がない家でも記念日の贈り物は拒まないのが、この国の社交界のルールだ。

ひるがえせば、交流があるのにそういった贈り物をしないのは、「今後、おつきあいしません」という意思表示とみなされかねないほどの非礼に当たる。

「プレゼント交換で、なかよしごっこか」と呆れる者もいるだろうが、貴族という力を持つ立場であるからこそ、互いに敵意はないことを示しあう慣習として、大切な意味があるのだ。

貴族の模範となるべき王族が、それをないがしろにするなんて。

「民に負担をかけ、臣下をないがしろにし、サラ様の長年の献身を踏みにじり性奴隷に堕《お》とした。そのような愚かな傀儡に王となる資格はありません」

「……ですが、殿下は陛下のただ一人のご子息です」

だからこそ、サラはヘンリーが立派な王となれるよう、必死に支えてきたのだ。

「王となる資格を持つ者は一人だけではございません。王室規範に則《のっと》り、ふさわしい御方《おかた》を選べば良いだけです」

この国の王位は、基本的に直系の男子にしか継承権はない。

けれど、直系が途絶えた場合に限り、現在の王に最も近い傍系の男子に引き継がれる。

先の王の子は現在の王だけだったので、その上から辿《たど》れば――。

「……あなたのお父君ならば、きっと良き王になられるでしょう。私がお支えいたします」

ロイスクープ侯爵の言葉に、サラは表情を引きしめる。

「……当家に王位を簒奪《さんだつ》しろとおっしゃるのですね」

「簒奪ではございません。正当な権利です」

断言されて、サラは睫毛《まつげ》を伏せる。

本当にそのようなことをしてしまっていいのだろうか。

そんな迷いを見透かしたように、ロイスクープ侯爵は厳かに説いた。

「サラ様、あなたが支えたいと、王太子妃となって守りたいとお思いになったのは、ヘンリー殿下ではなく、彼が背負う国や民なのではありませぬか？　このままでは確実に民は苦しみ、国さえも傾きかねない。それでもかまわぬとお思いですか？」

かまわないわけがない――唇を噛《か》んで黙りこんだサラの手に、不意にレゼルの手が重なる。

ハッと彼の顔を見ると、答えは決まっているだろう、と促すように頷かれた。

――そうね……かまわないわけがないのだわ。

包みこむように大きく、力強いその手の温《ぬく》もりに励まされるように、サラは一度強く目をつむってから、しっかりと顔を上げて答えた。

「いいえ、思いません」

今はただの奴隷だが、一度は国のため、民のため、この身を捧《ささ》げようと思ったのは確かだから。

「どうか、お力をお貸しください。この国を、民を守るために」

「……はい、お任せください」

恭しくロイスクープ侯爵が頭を垂れる。

それと同時に傍らのレゼルが「よし……！」と嬉しげに呟いたのだった。

＊＊＊

その日から、サラはロイスクープ侯爵とレゼルと共に、ヘンリーとリフモルド侯爵を廃する準備を進めていった。

あのときリフモルド侯爵が挙げた文官の名も、仕立て屋や宝石商の名もきちんと覚えている。

不正を働いた工事の責任者の名も、関わっていた業者の名も。

それらすべてが、ヘンリーとリフモルド侯爵がサラを陥れるために巻きこんだ共犯者であり、同時に、不正の証拠となるものだ。

サラは思い出せる限りの情報をロイスクープ侯爵に提供し、調査をしてもらい、証拠がある程度固まり勝算が高まったところで、中立派の貴族を計画に抱きこみはじめた。

レゼルも騎士団の仕事を通じてできた伝手《つて》を辿り、仕立て屋と宝石商の従業員の協力を取り付け、証人を増やしていってくれた。

そして、計画に着手してから、二カ月後。

ついにときは熟し、王宮で毎年ひらかれる夏の終わりの星見の会で、ヘンリーとリフモルド侯爵の罪を暴く「断罪返し」が決行されることとなった。

＊　＊　＊

ひらいた窓から差しこむ夜風は涼やかで、秋の気配を感じさせる。

夏のそれよりも仄《ほの》かに深みを増した空では、まだ細い上弦の月がひそやかな光を放っている。

サラはいつものようにレゼルの部屋の寝台に腰かけ、いつもと違い、落ちつかない心地でいた。

そわそわとつま先をすりあわせて、溜め息をこぼす。

その足首に、あのアンクレットはもうない。

「奴隷の証を着けてるところなんて、あのバカ王子に見られたくないだろう?」と言って、レゼルが外してくれたのだ。

——いよいよ、明日ね。

上手くいくだろうか。いや、上手くいかせるほかない。

——だって、もしも失敗したら……。

レゼルやロイスクープ侯爵、協力してくれた多くの人々に「迷惑」などという言葉では足りない、負担と喪失を味わわせてしまう。

そう思えば胸が騒いで、締めつけられて、とうてい眠れそうにない。

——でも、逃げるわけにはいかないもの。

ここで逃げだせば協力してくれた皆を失望させるばかりか、民が苦しむことになる。

ロイスクープ侯爵も言っていたではないか。

サラだけの、サラ一人が犠牲になってすむ問題ではないと。

だから、やるしかないのだ。

そう自分を叱咤《しった》しながらも、こみあげる不安に小さく身を震わせたとき。

ノックの音が響いて、サラはパッと顔を上げた。

「……お帰りなさい、レゼル」

扉がひらいて、顔を覗《のぞ》かせた騎士服のレゼルに微笑みかけると、レゼルは「ただいま、サラ」と笑い返してから、ふと眉を下げた。

「……やっぱり、眠れないか？」

「はい……ごめんなさい」

今夜は遅くなるから先に寝るように言われていたのに。

しょんぼりとサラがうなだれていると、大股で近付いてきたレゼルが傍らに腰を下ろし、サラの肩を抱き寄せた。

「……大丈夫だ。また一人、証人が増えた」

「まあ、今度はどなたが？」

「サラは二度と見たくも会いたくもないだろうが、あの奴隷商だ」

その言葉にサラが思わず身を強《こわ》ばらせると、レゼルはあの日、馬車の中でしてくれたようにサラの腕を温めるように撫でて、理由を語りはじめた。

「このあいだ、サラの話をあらためて聞いて気になったから、館に行ってきたんだ」

「気になったとは、何がでしょう？」

「奴隷売買は奴隷本人が『終身隷属契約書』にサインをしなくちゃならない。そう決められてる。だが、サラはサイン、してないだろう？」

「……はい」

サラは頷く。これは罰だから仕方ないと思っていたが、確かにそうだ。

「サラは納得しているようだったが……騙《だま》されて売られたものだと知った上で買うのは、盗品とわかっていて買うようなものだろう？　本人の合意なく行われる人身売買は誘拐と一緒だ」

顔をしかめてレゼルは言う。

「それで、奴隷商を締め上げたら、『あのようなことは神に誓って初めてです！　うちは情報管理もきっちりしていますし、由緒正しき優良店なんですよ！』『殿下に従わないなら店を潰すと脅され、逆らえなかったのです！』とかなんとか、必死になって言いわけしてきて……」

それでも、今いる奴隷の承諾書を確認し、遡れる限りのものものもすべて検《あらた》めた。

結果、奴隷商の言葉が本当だとわかり、ヘンリーを追い落とす証人となることを条件に見逃してやることにしたのだという。

「とはいえ、ご注進でもされちゃかなわんから、念のため、黒鉄騎士団で身柄を押さえてある……勝手に取引して悪いな」

「いいえ、おかげでまた一人、重要な証人を得られましたわ」

サラがニコリと笑って答えると、レゼルも表情をゆるめる。

「ああ。……ひとつひとつの証拠や証人は弱くても、集まれば強くなる。戦いと一緒だ。たとえ、一人一人の兵はそこまで強くなくても、集まれば力になる」

「そうですわね」

「そうだ。だから……」

レゼルはサラの肩をそっと抱き寄せ、囁《ささや》いた。

「……大丈夫だ。絶対に上手くいく」

迷いのない言葉に、ふれあう大きな身体《からだ》から伝わる温もりに、サラは不安や恐怖がほぐれていくのを感じた。

――そうね、大丈夫よね。

この人がそばにいてくれるのなら、そう素直に思える。

ジンワリと胸にこみ上げる愛《いと》しさと温かな気持ちのまま、コクリと頷いた。

「……はい、そう信じますわ」

「ああ、そうしたら、ようやく家に帰れるな。返信のラベンダーも見納めだ」

笑いまじりに言われて、サラは考えるよりも早く、気付けばポロリとこぼしていた。

「……帰らないといけませんか？」

え、とレゼルが目をみひらくのに、サラはハッと我に返る。

「あ、だ、だって、後十日ほどでまた満月です！　お困りでしょう？　ですから！　そんなに急に帰らなくてもいいのではないかと、思いましてっ」

しどろもどろに言いつくろうサラを、レゼルは、まばたきもせずに見つめていたが、やがて、ふ、と微笑んだ。

「そっか。ただ俺といたいからってわけじゃないのか。一瞬、期待しちまったんだがな」

「えっ、え、あ……」

「まあ、俺から言えるほうがいいか」

そう呟いて、うろたえるサラの顎をすくい、自分の方を向かせて彼は言った。

「あんたが好きだ。本当は帰したくない」

「……っ」

サラが息を呑んで目をみはると、レゼルはそのみひらいた目を覗きこむようにして続ける。

「でも、惰性で一緒にいるのも嫌だから、いったんは帰してやる」

「……いったんは？」

極上の愛に溺れる♥乙女のためのラブノベル
ティーンズラブ小説新レーベル
ロサージュノベルス
Rosage Novels
4.25創刊!
毎月25日発売!!
番と知らずに私を買った
純愛こじらせ騎士団長に
運命の愛を捧げられました!
著:犬咲
イラスト:御子柴リョウ
不憫で最強の推しを
モブ以下令嬢の私が
いつの間にか手懐けていました
著:前澤のーん
イラスト:チドリアシ
ロゼと嘘
〜大嫌いな騎士様を
手違いで堕としてしまいました〜
著:碧 貴子
イラスト:篁ふみ
2503 R

「ああ。公爵家のお嬢様、ゆくゆくはプリンセスになるサラとじゃ、ちょっと釣り合いが悪いかもしれないが……」

茶化すように笑うレゼルに、サラは笑えない。そんな余裕はなかった。

彼が何を言うのか、言ってくれようとしているのか薄々わかってしまって。

つい、続きを乞うように見つめ返してしまう。

「邪魔者王子がいなくなりゃあ、もうちょい出世できるだろう。だから……」

笑みを深めたレゼルが上着のポケットに手を入れ、引きだしたのは黒いベルベットの小箱。

パカリとひらけば艶《あで》やかな赤色の絹の真ん中に、きらりと輝く指輪が収まっていた。

レゼルの目の色をイメージして選んだのだろう。

プラチナの地金の中心、満月のようにまん丸いイエローダイヤモンドを、小粒のダイヤモンドでグルリと囲んだデザインが花のように愛らしい。

窓から差しこむ月明かりにキラキラと輝くそれを、サラは先ほどの彼のように、まばたきもせずに見つめる。

――いつから用意していたのかしら。

そういえば、とサラは気付く。

以前、ロニーと結婚の話をしていたとき、入ってきたレゼルはポケットに何かをしまっていた。

――もしかして、あのときにはもう？

疑問が顔に出ていたのだろう。

「たぶん、サラの想像通りだ。前に言っただろう？　俺は身持ちがガチガチに堅いって。あんたに手を出した時点で、もう絶対結婚しようって決めてた」

「……そうなのですか？」

「ああ。でも、俺はサラがどこの誰でもよかったんだが、サラは気にしてるってわかったから」

その言葉にサラは、ハッとなる。

「まさか、私の身分を回復しようとなさったのは……」

返事はなかったが、愛おしげに細められた金色の目を見れば、それが正解だとわかった。

——下手をしたら、今まで積み上げたものをすべて失うかもしれないのに。

ジワジワと目の前が滲《にじ》んでいく。

ふくれあがった熱い滴があふれそうになり咄嗟《とっさ》に俯《うつむ》いたところで、そっと指先で目尻を拭われ、顎をすくわれ、彼と向き合わされる。そして。

「というわけで……サラ、俺と結婚してください」

初めて聞くような厳かで、けれど、甘さの滲む声で告げられた。

サラは何度も目をまたたかせながら、レゼルを見つめ返す。

胸がいっぱいで、すぐには言葉が出てきそうにない。

けれど、レゼルは待てないようで、促すようにサラの唇を親指の腹でなぞり、ねだってくる。

「それで、返事は？　できれば、『はい』しか聞きたくないんだが？　『はい』でいいか？」

金色の瞳に灯る熱を強めながら急《せ》かされて、サラは思わず、ふふ、と笑ってしまう。

そんな風に言われなくても、もう答えは決まっている。

「……はい！」

自分の心に従って、彼の望み通りの言葉を返した瞬間。

強く掻《か》き抱かれ、唇を奪われていた。

「ん、……っ、ふ、ぁ」

口内を貪られながら左手をつかまれ、薬指の先にひんやりとした感触を感じたかと思うと、それが指の付け根まで上がってくる。

指輪を着けられたのだと気付いたところで、口付けがほどけて、向かいあった彼の瞳には満月の夜に見るのと同じ、甘く焦がれるような熱が揺れていた。

そうなって、サラは、あ、と気付く。

ヘソの下あたりに覚えのある硬さが押しつけられていることに。

それもすでにだいぶ昂《たか》ぶっている様子だ。

——いつの間に、こんなに……？

ジワリと頬が熱くなるのを感じながら、そっと上目遣いにレゼルを見ると、彼の目元もジンワリと染まっていた。

「……仕方ないだろう。惚《ほ》れた女と抱きあってて、勃《た》たないわけがない」

レゼルはすねたように言いながら、またひとつ、食《は》むような口付けをサラの唇に落とす。

「満月じゃなければ平気だったのに……サラが悪いんだからな？」

「え？」

「そんなに可愛《かわい》くて、きれいで、やさしいのがいけない」

甘くなじられ、いっそうサラの頬がほてる。

鼓動がトクトクと高鳴り、ふれあう箇所が熱と淡い疼《うず》きを帯びていくのがわかる。

もうこのまま離れたくない、この熱に溺れてしまいたい。そんな欲望がこみあげるのを感じて、気付けばサラは言っていた。

「……では、責任を取らせていただけますか？」

「へえ？　どこまで取ってくれる？」

からかうような問いかけに、サラはそっと目をつむってひらいて答えた。

「……最後まで」

その言葉にレゼルが小さく息を呑む。

ひどくはしたないことをねだろうとしているのは、わかっている。

――でも、離れる前に……。

確かなものが欲しい。彼の想いをこの身で感じて、深くまで刻みつけたい。

きっとレゼルだって同じ気持ちだろう。それなのに。

「……最後までって、まだ口約束しかしてないのに？　ダメだろう、それは」

サラの背に回した腕にギュッと力をこめて、絶対に放してくれそうにないくせに。

そんな律儀なことを言うレゼルに、サラは呆れまじりの愛しさを覚える。

――ロニーの言う通り、私から一歩踏みださないとダメみたいね。

ふふ、と頬をゆるめて彼の背に腕を回し、サラは一歩を踏みだす言葉を口にする。

「……口約束でも、約束は約束でしょう?」

「……まあ、そうだな」

「今まで私を最後まで抱かなかったのは、家に戻ったときに、純潔でないと嫁げなくなるからですよね?」

「え? ああ、そうだが……?」

どうして今そんなことを聞くのか、と言いたげに首を傾《かし》げるレゼルに、サラは精一杯、甘く誘うような笑みを浮かべて囁いた。

「……私をもらってくださるのですよね?」

レゼルがパチリと目をみはり、サラの言葉の意味を噛みしめるように、ゆっくりと一度まばたきをして、キュッと目を細める。

「……素直にねだられるのもいいが、そういう遠回しなのも悪くないな。意味を考える分、余計、頭に残る」

囁く声には考える余地がないくらい、素直な喜びと熱が滲んでいて、サラの鼓動が跳ねる。

そっと目をつむり、次の言葉を待って。

「……お望み通り、俺以外、誰にも嫁げなくしてやる」

甘く傲慢な宣言が耳をくすぐると同時に、グラリと身体が後ろに傾き、押し倒されていた。

どさりと敷き布に背が沈んだかと思えば、とん、と顔の横にレゼルが手を突く。

凛々《りり》しく整った顔が近付いてきて、そっとサラが目をつむると同時に口付けられた。

「……ん」

そっと唇がふれあい、押しつけられて、はぷりと食まれて離れる。

いつもより短い口付けに、あら、と思ってサラが薄目をひらくと、きれいな金色が見えた。

睫毛がふれそうなほど近くで、サラを見つめながら、嬉しそうにレゼルが笑う。

「お望み通りにする前に、聞いておきたいことがあるんだが」

「は、はい、なんでしょう？」

「結婚には『はい』と言ってもらったが、まだ、サラの気持ちは聞かせてもらってない」

「えっ」

「俺のこと、好きか？」

唇を指先でなぞりながら問われて、サラはジワリと頬が熱くなりながらも、コクンと頷いた。

「……はい」

けれど、レゼルは不満なようだった。

「んー、聞き方が悪いか」

眉をひそめて呟いた後、ニッと笑ってあらためてねだってくる。

「好きって言われたい。言ってくれ」

サラはいっそう頬の熱が増すのを感じつつ、それでも、素直に言葉を返した。

「……好きです」

途端、その言葉を食らうように唇を食まれる。

「……もう一回、言ってくれ」

「っ、……好きです」

告げると同時にまた口付けられて、甘くねだられる。

「もう一回」と。

サラはまた「好きです」と返し、また口付けられて、唇が離れたところで、今度はねだられる前に自分から告げた。

「ん、好き、レゼル、あなたが好き、大好きです……っ」

今度は、口付けは降ってこない。

代わりにレゼルはジッとサラを見つめて、それはそれは愛おしそうに目を細めたと思うと、はあ、と熱い息を吐いて呟いた。

「……ダメだな、いくらもらっても足りない」

「え？」

「キリがないから、いったんしまいにしよう。もう一回だけ、言ってくれ」

「は、はい、……好きです」

言いおえるやいなや唇を奪われる。

はぷりと食まれ、軽く歯を立てられて、思わず唇をひらけば、すかさず舌を潜りこまされた。

そのまま、舌を上顎を歯列を、また舌を。

発した言葉の名残を余すところなく舐《な》めとるように、彼の舌が動くたびに、ゾクゾクとした痺《しび》れが頭の裏側に響き、サラの喉を甘く震わせる。

そうやって告白の余韻をじっくり味わい、サラから新たな喘《あえ》ぎを引きだしながら、彼は互いの服を脱がしていった。

「ん、ふ、んんっ、ぁ、……はぁっ」

ようやく唇が離れ、サラは大きく息をつく。

肩で息をしていると、不意にレゼルが身を起こして、二人の間に舞いこんだ夜気にふるりと身を震わせたのも束《つか》の間《ま》。

「……ぁ」

彼が身を起こしたことで見えた光景に、トクリとサラの鼓動が跳ねた。

——きれいな身体。

全身の骨格自体が整っているのだろう。

窓からの月光を受けて、半ば逆光気味に翳《かげ》った状態でも、見える輪郭だけで美しいと感じる。

そっと目をこらせば、腕も肩も胸板も脇腹も無駄なく引きしまりつつも、しっかりとした筋肉に覆われているのがわかった。

その筋肉に沿って月明かりが作る陰影はどこか艶《なま》めかしく、サラの胸を高鳴らせる。

彫像のような、鋼のような、男性の肉体を評する比喩はいくつもあるが、あえて選ぶのならば、最初に彼を間近で見たときの印象と同じ。

——本当に、野生の獣みたい。

強靱《きょうじん》さとしなやかさを感じさせる、美しい肉体だった。

——でも、一番獣めいているところといったら……。

膝立ちになった彼の身体の上から下までながめていった後。

膝からももの筋肉のすじを辿るように、そっと上へと戻り、少しだけ横に、中心に向かって視線をずらして。

すぐさま、キュッと目をつむる。

一瞬だが目に焼きついてしまったそれは、雄々しいとしか言いようがない形態をしていた。

——あんなものが、どうやって服の下に収まっているの……!?

普段のレゼルの股間をじっくりとながめたことなどない。

それでも、あれほどの大きさのものがついているのなら、もっと激しく主張していてもおかしくないはずなのに。

閨《ねや》教育《きょういく》で「男性の象徴は興奮すると膨張する」と習ったが、いくらなんでも膨張しすぎではないだろうか。

——でも、あれが……入るのよね？

服の下ではなく、サラの体内に。

そろそろと目をひらいて、こっそりとながめてみる。

脚の間に挟んだり、すりつけられたり、ちょっとだけ切先を撫でさせてもらったりしたことはあるが、きちんと見たことはなかった。

——大きいとは思っていたけれど……本当に大きいのね。

長さもそうだが、がっしりとしたコナラの木を思わせる幹部分は、握っても指が回りきらなそうなほど太々《ふとぶと》としている。

——ほ、本当に、入るのかしら……!?

入ったとしたら、いったいどこまで来るのだろう。

下手をすれば、ヘソ近くまで届いてしまいそうだ。

そんなことを思いつつ、知らず知らず、そのあたりを手で押さえると、視線の先でレゼルの雄がピクリと跳ねた。

え、と目をまたたいたサラの耳に、気恥ずかしさと嬉しさが混ざったような、レゼルの声が届く。

「……物欲しそうにしてくれてるところ悪いが、これはもうちょいおあずけだ」

そう言ってレゼルは、サラの目から隠すように、見ようによっては見せつけるように、自身の雄を握りこむ。

ぷくりとふくれた切先から、透明な滴が滴るのが見えて、サラは慌てて目をそらした。

「っ、はいっ、ごめんなさい！」

何に対してかわからない謝罪を口にすれば、楽しげな笑い声が降ってくる。

それから、彼はサラの身体の線をなぞるように、視線を這《は》わせて囁いた。

「……それにしても、きれいな身体だな」

うっとりとした響きに、トクリとサラの鼓動が速まる。

サラから見えていたということは、当然、見下ろすレゼルにもサラのすべてが見えていたということだ。

どうだろう。本当にきれいだろうか。

絵画の乙女に比べたら、少しばかり乳房に肉がつきすぎている気もする。

今さら遅いと知りつつも、そっと両手で胸を覆うと「今さら隠してどうする」と笑いまじりに手首をつかまれ、どけさせられた。

「お世辞で褒めてるとでも思ってんのか？」

「……いえ」

「なら喜んでくれ。本当に、心から思っているから。見た目も手ざわりも、匂いも最高に良い身体だって。女神みたいにきれいで、でも女神よりずっとそそられる」

「っ、そ、そそられる？」

「ああ。これ見りゃわかるだろう？」

そう言って、彼が指し示すモノに視線を下ろしかけて、慌てて目をそらす。

「ええ、そうですわね！　よくわかりますわ！」

「そりゃよかった」

笑いまじりに言われたかと思うと、レゼルが背をかがめる気配がして、ヘソの下に口付けられた。

「……さっき、想像してただろう？　俺のが、どのあたりまで入るのか」

「っ、……はい」

肌をくすぐる吐息に、淫らな問いに、サラの頬が熱くなる。

「俺も想像した。サラは小さいから、ここらへんまでは届くだろうなって」

目印をつけるようにチュッと吸いつかれて、サラは思わず、あ、と甘い声を漏らしてしまう。

その声に目を細めながら、白い肌に咲いた赤色の花を指先でなぞって、彼は言った。

「……後で答えあわせしような？」

本当に、ここまで届いたか。

その光景を想像してサラが小さく身を震わせたところで、レゼルは再び顔を伏せた。

震える肌を唇でくすぐるように、なだらかな下腹部の稜線《りょうせん》を辿り下りていく。

「……ぁ」

両の膝裏を押し上げられ、左右にひらかれて、サラはキュッと目をつむる。

これまでも何度か愛《め》でてもらったが、それでも、まだ恥ずかしくて仕方ない。

骨ばった指がものの内側をなぞり下り、脚の付け根に届き、ゆっくりと花弁を押しひらかれて。

くちゅりと響く水音を聞かれて、たっぷりの蜜にまみれているであろう場所を、じっくりと覗きこまれるのは。

——そんなに、見ないで。

心の中で思うが、口には出さない。

だって、そろりと目をひらいて見えるレゼルの表情はひどく恍惚《こうこつ》としていて、嬉しそうで、金色の瞳には滾《たぎ》るような熱が揺れているから。

「見ないで」と拒んでは、もうしわけない気がしてしまうのだ。

それでも、やっぱり恥ずかしいものは恥ずかしくて……。

「……見るのは、もういいです」

視線を拒む代わりにそう口にすれば、すぐさまレゼルは「ああ」と頷いて、サラの狙いどおりに目を伏せる。

そして、指でひらいた場所へと食らいついた。

「〜〜っ」

来るとわかっていたから、サラも辛うじて声を抑えられた。

けれど、蜜口をくすぐった彼の舌が割れ目をなぞりあげ、花芯にふれて吸いつかれると、ひ、と喉が鳴ってしまう。

そのまま、ぷくりとふくれた花芯の根元にやさしく歯を立てられて、剝《む》きだしにされた薔薇《ばら》色の芽を舌で嬲《なぶ》られはじめたら、もうダメだった。

「んっ、ぁ、ぁあっ、ふ、ぅんっ」

舌先で小突かれ、ぐりぐりと押し潰されて、パッと解放されたかと思えばピンッと弾《はじ》かれる。

そのたびにチクチクズキズキとした鋭い快感が響いて、身悶《みもだ》えしたくなる。

実際、腰が揺れてしまっていたが、気付けばレゼルに腰をつかまれて押さえこまれて、身動きが取れなくなっていた。

快感が高まり下腹部でふくれていくほどに、ふれられてもいない蜜口の奥から押しだされるように蜜があふれ、ひくつく穴からこぼれでる。

——ああ、どうしていつも、こんなに出るの……？

レゼルに愛でられるときはいつもこうなのだ。

いや、回を重ねるほどにひどくなってきている。

——レゼルは「俺は嬉しいけど？」なんて、笑っていたけれど……。

粗相とは違う、恋しい人にふれられて快感を得た証拠だとわかっていても。

十八歳にもなって、敷き布がぐっしょり濡《ぬ》れるほどの体液を漏らしてしまうのは、やはり恥ずかしい。

とはいえ、では、気持ちよくされたくないのかと聞かれたら、それも否なのだが……。

そんな葛藤の合間にも、レゼルの舌は熱心に、奔放に動きつづけていて、サラはどんどん追いつめられていった。

「んんっ、ふ、ふぅ、っ、ぁ、ぁ」

花芯はもう痛いほどに熱く、心臓がそこに移ったように脈打っている。

つま先に力がこもり、きゅうと丸まって、身体が張りつめていく。

耐える必要なんてないはずなのに、どうしてかいつもこうして身がまえてしまうのだ。

その瞬間を少しでも先延ばしにするように、あるいは今のギリギリの快感を、少しでも長く楽しもうとするように。

それでも、その瞬間は容赦なく訪れて。

「っ、あ、いく、レゼル、いきま――ぁああっ」

いつものように宣言すると同時に、濡れそぼった蜜口に、ぐちゅんと指をねじこまれる。

その刺激がとどめとなって、ふくれにふくれた快感が腹の奥で弾けた。

「～っ、ぁ、んん、――ひっ、指、待ってぇ」

果てた余韻に酔い痴《し》れる間もなく、指を動かされて、サラは身悶える。

ヘソより小指一本ほど下あたり、レゼルの指なら届くが、サラの指ではギリギリ届かない位置。

そこにサラの泣き所があるのだと、今日までに何度となく重ねてきた戯れで見つけだされてしまっている。

深々と指を差しこまれ、グッと指の腹でそのあたりを押し上げられると、尿意にも似た熱っぽい感覚がジワリと広がる。

そのままやさしく撫でさすられれば、熱っぽさは快感へと変わり、そのうちに物足りなさを覚えはじめてしまうのだ。

「ん、んんっ、レゼル……っ」

きゅうきゅうとねだるようにレゼルの指を締めつけはじめたところで、ついつい、サラは彼の名前を呼んでしまって。

すると、決まって彼は熱い吐息をひとつついてから、ひどく嬉しそうに目を細め、蕩《とろ》けるような声で呟くのだ。

「……ホント、可愛いな」

その呟きに、サラがまたひとつ彼の指を締めつけて。

「ああ、また……可愛いのもたいがいにしろよ」

甘い叱責の後、レゼルは望むものを与えてくれた。

一度、半ばまで指を引き抜き、ぐぷんと根元まで押しこんで、やわい襞《ひだ》を指の腹でこすりあげるような抜き差しが始まる。

花芯で味わうズキズキと響くような快感とはまた違う、ぶわぶわとあふれ、広がっていくような甘やかな快感に、サラは熱い息を吐く。

「あぁっ、はぁ、んっ、ぅうっ、はぁっ」

下腹部で渦巻く熱はいつしか脈に乗って全身へと巡り、額から汗が噴きだす。

もうそろそろ、と思ったところで、二本目の指をねじこまれて、甘い悲鳴がサラの口からこぼれ出る。

「やぁっ、ぁあ、そんな、一気に……ダメっ」

あふれる蜜をかきだすような抜き差しで、強まる刺激に身悶えながら訴えると、それに抗《あらが》うように花芯に歯を立てられ、ぷちゅりとやさしく嚙み潰された。

「っ、～～っ」

こんなの、耐えられるはずもない。

サラは声も立てられずに二度目の「いく」を、絶頂を迎えることとなった。

ギュッとつむった目蓋が震え、熱い何かが、つま先から髪の先まで吹き抜けていく。

ビクビクと身体が打ち震え、もう動くなというようにレゼルの指を食いしめる。

ようやく絶頂の余韻が抜けたときには、サラはすっかり力尽き、くったりと敷き布に身を沈めるような状態になっていた。

「……サラ」

身を起こしたレゼルがずりずりと寝台の上を移動して、トン、とサラの顔の横に手をつき、覗きこんでくる。

「……ダメ、と言ったのに……っ」

肩で息をしながらサラがなじると、レゼルは「悪い」と眉を下げて謝ってくる。

「ちょっと焦った」

「え？」

「あんまりサラが可愛い声で鳴くから……早く、指じゃなくて、俺のを入れたくなって、我慢できなかった」

赤裸々な告白にサラは思わず目をみはり、それから、ポッと頬に熱が集まるのを感じた。

その拍子に、いまだに咥《くわ》えこんだままのレゼルの指を締めつけてしまい、いっそう頬のほてりが増す。

「……そんなの、ずるいですわ」

「ずるい？」

「だって、そんな風に言われたら……もう、怒れないではありませんか」

だからずるいとサラが訴えると、レゼルはパチリと目をまたたかせ、それから、キュッと細めて言い返してきた。

「……ずるいのはサラの方だろう」

低く囁きながら背をかがめ、鼻先がふれあいそうなほど近くで見つめあった彼の瞳。

細めた金色の目に獰猛《どうもう》なほどの熱が灯っていることに気付いて、サラは息を呑む。

「ど、どうして……？」

「責めるふりして、俺を煽《あお》って。我慢してほしいのかさせたくないのか、どっちなんだよ？」

「そんな、どっちって……ぁっ」

するり、するりと膝裏をすくわれ、脚を広げられ、その間に逞《たくま》しい身体がねじこまれて、上ずる吐息をこぼせば、食らいつくように口付けられた。

「ん、ふ、……んんっ」

膝裏を押されて、腰がわずかに浮き上がる。

ひくつく蜜口を濡れた彼の切先でなぞられて、絡む舌が震えた。

――こんなにも熱いなんて。

このままふれていたら火傷《やけど》しそうだと思うほどに熱く、骨のように硬くて、けれど「肉」としか思えない弾力もあって。

——これが、入るのね。

きっと痛い。だって、こんなに大きい。人の身体に入れていい大きさとは思えない。

けれど、やめたくない。

すべてを捧げて、捧げられて、離れられなくなってしまいたい。

「ん、レゼル」

「……どうした、サラ」

今さらとめてくれるなというように、瞳で声でねだられて、サラはキュンと胸が高鳴るのを感じながら、そっと彼の首に腕を回して囁いた。

「……我慢しなくて大丈夫ですから。早く、あなた以外に嫁げないようにしてください」

言い終わると同時に、獣じみた唸《うな》り声《ごえ》が鼻先で響いて、がしりと腰をつかまれた。

骨ばった指が肌に食いこむ痛みに、キュッと目をつむった瞬間、サラは一思いに貫かれていた。

「〜〜っ」

みぞおちまで響くような鈍い衝撃に、息が詰まる。

サラ自身は気付けなかったが、もしかしたら呻《うめ》きがこぼれていたのかもしれない。

「っ、悪い。サラ、大丈夫か？」

焦ったようなレゼルの声が聞こえて、サラはそろりと目蓋をひらく。

——大丈夫、ではない、気がするけれど……！

太々とした幹で押し広げられた蜜口がチリチリとした痛みを訴えている。

内臓を追いやられるような強烈な圧迫感もあいまって、大きく息を喘がせながらも、サラは唇の端を上げて答えた。

「っ、痛くないといえば嘘になりますがっ、思ったよりも平気です。それよりも」

「それよりも？」

「……すごく、幸せですわ」

目を細めながら、サラはレゼルを、恋しい人を受け入れた場所に手を這わせる。

心なしかふくれて見える下腹を手のひらで撫でて、つ、と指先で探り、ヘソの下辺りでとめる。

先ほどレゼルが付けた、吸い痕の上で。

「……正解でしたわね」

答え合わせのつもりで、ふふ、と笑ってそう言うと、収めた彼の雄がピクンと跳ねた。

思わぬ刺激に、んっ、と声をこぼせば、それを食らうように口付けられる。

「……あんまり可愛すぎて、腹立ってきた」

ボソリとレゼルがこぼした言葉に、サラは「えっ!?」と目をみひらく。

「わざとじゃないのが余計にタチ悪いよな」

「えっ、あ、ごめんなさい……？」

「何が悪いかもわからないくせに謝るのも、健気《けなげ》で可愛くて腹が立つ！」

「そ、そんなっ、ではどうすればっ」

ようやく結ばれたと思ったのに、とサラの目の奥がツンと熱くなり、ジワリと視界が滲む。

「……どうもしなくていい」

サラの涙がこぼれる前に目尻に口付けて拭うと、レゼルは爛《ただ》れるように甘く熱い声音で命じた。

「……黙って可愛がられてくれ」

そう言いおえると同時に、ゆるやかな律動が始まった。

最初はゆっくりと引き抜いてとめて、またゆっくりと奥まで戻して。

サラの心と身体が受け入れた異物に慣れるまで、単調ともいえる抜き差しがくりかえされた。

段々と、サラの唇からこぼれる苦しげな息遣いと呻きがやわらいだところで、レゼルの手がサラの腰から離れる。

硬い指先が下腹をなぞって脚の付け根にもぐり、そうっと花芯にあてがわれ、サラは、あ、と声を上ずらせる。

そのまま腰を打ちつけられれば、その振動が花芯に伝わり、ゆるい快感をもたらした。

——あ、これ……気持ちいい。

そう思ったところで、強ばっていた身体から力が抜ける。

ギチギチに彼の雄を食いしめていたそこも、ふわりとゆるみ、ほぐれた身体の奥から新たな蜜が滲みはじめる。

窮屈だった抜き差しがあふれる蜜に助けられ、滑らかなものへと変わるにつれて、サラの息遣いに甘いものが混じりだす。

のだ。

「……サラ、平気か？」

「ん、はい」

いつの間にかつむっていた目蓋をひらいて、サラは自分を組み敷く恋しい人を見上げる。

そして、目と目があったところで、あ、と息を呑む。

輝く金色の瞳が焦がれるような、いや焦《じ》れたような熱を湛《たた》えて、まっすぐにサラを見つめていたのだ。

——ああ、足りないのね。

こんなぬるい交わりでは満たされない。

その目が、軽く眉をひそめた苦しげな表情や、彼の額に滲む汗が教えてくれる。

思わず咥えこんだものを締めつければ、ん、と彼が目を眇《すが》めて、こぼれた彼の吐息にこもる熱に煽られるように、気付けばサラはねだっていた。

「平気ですから、もっとしてください」

「っ、……やっぱりちょっと黙っててくれ」

小さく息を詰めて、レゼルは唸るように言う。

「うっかり壊したくない」

囁かれた途端、またサラは反射のように彼を締めつけてしまって、ジトリと睨《にら》まれる。

サラは、もはや何も言うまいと目をそらして、キュッとつむった。

「……ホント、タチが悪い」

ボソリとした呟きが耳をくすぐったかと思うと、仕置きのように耳たぶを軽く噛まれて、サラはビクリと身を震わせる。

噛み痕を舌でなぞられ、ジンとした痛みが甘い熱に変わったところで、腰をつかみなおされて、再び揺さぶられだした。

「……ん、ぁ……っ、んっ、はぁ、んんっ」

ゆるやかだった律動が段々と荒々しいものへと変わっていく。

花芯に添えるだけだった彼の指にも力がこもり、内と外、両方から与えられる快楽にサラの思考は蕩かされていく。

「っ、はぁ、あっ、ぁあっ、ふ、ぁあっ」

気付けば途中から唇を閉じていられなくなり、はしたない嬌声《きようせい》を響かせていた。

花芯を揺らしながら奥を突かれるたびに広がる甘い痺れは、今まで味わった快感を合わせたようで、もっと深いところから響いてくるようにも感じられる。

ふくれあがるというよりも、せりあがってくるような。

ゾクゾクとした絶頂の予感にサラはふるりと身を震わせ、気付けば、すがるようにレゼルの背に手を回し、爪を立てていた。

小さな呻きが聞こえたかと思うと、踏みにじるように花芯を指の腹で押し潰され、サラの喉から甘い悲鳴が迸《ほとばし》る。

直後、その悲鳴を食らうように唇を塞がれ、いっそう激しく揺さぶられだした。

「んっ、ふ、ぁ、っ、んんっ、ぁ、ふっ」

重ねた唇の隙間から、サラは切れ切れに喘ぎをこぼし、レゼルの衝動を受けとめつづけて。

やがて、腹の底からせりあがってきた野太い快感の渦に呑みこまれた。

「い、ふ、〜〜っ」

閉じた目蓋の裏で白い光がまたたき、一瞬、湯に放りこまれたように全身が熱を帯びる。

ふわりと意識が揺らぎ、身体が浮き上がるような感覚を覚えたところで、腹を満たしていたものが不意に引きぬかれた。

「――ぁっ」

失われた質量に、サラが無意識に惜しむような声をこぼした瞬間。

「っ、ふ」

目蓋の向こうでレゼルが息を詰める気配がして、広げた脚の間と剝きだしの腹に、熱いしぶきが飛び散ったのだった。

ことがすんでも、しばらくの間、サラは動けなかった。

心地よい気怠《けだる》さに捕らわれ、半ば腰が抜けたようになってしまって。

その間に、一足先に落ちついたレゼルが着替えて湯を運んできて、慣れた手つきでサラの身体を清め、シュミーズを着せ、敷き布まで取り替えてくれた。

彼のことだから、きっと騎士団でも怪我人《けがにん》や病人の世話を進んでしていたのだろう。

「……ありがとうございます」

敬意と感謝をこめて口にした言葉に、レゼルが悪戯っぽく目を細める。

「いや、汚したのは俺だからな。責任取らないと」

笑いまじりにからかわれて、サラが「もう」と頬を染めて睨むと、レゼルは笑みを深めて、サラの傍らにドサリと横たわった。

「……また可愛い顔しやがって。また襲うぞ」

ちょっぴり悪い顔をして理不尽に脅しつけた後、ふわりと表情をゆるめる。

「でも、そうやって素直にすねたり怒ったりしてくれるのも、いいな」

愛おしそうに目を細めてレゼルは言う。

「令嬢らしいサラも好きだが、ただのサラも好きだ。サラなら、俺はなんでもいい」

「……ありがとうございます。私も、そのままのレゼルが好きですわ」

はにかみながらサラが言い返すと、レゼルはいっそう笑みを深め、サラの頬を手の甲でくすぐるように撫でる。

「ホント、もう一回くらい襲いたいところだが……まあ、やめておいてやる。明日、起きられなくなったら困るからな」

そう言って、サラをやさしく抱き寄せると囁いた。

「……大丈夫だ。絶対、上手くいく。だから、一緒に頑張ろう」

先ほどと同じ言葉を、あやすような、励ますような、やさしく包みこむような声音で。

——ああ、そうね。きっと大丈夫。この人がそばにいてくれるのなら。

サラはジンワリと胸が満たされ、目の奥が熱くなるのを感じながら、そうっと目蓋を閉じて囁き返した。

「……はい。一緒に」

あなたを信じています、という心からの信頼と愛情をこめて。

# 第六章 ✦ 大団円を迎えた、その先で

そして迎えた、夏の終わりの「星見の会」当夜。

星空の下、庭園へと向かいながら、ヘンリーは苛立《いらだ》っていた。

「……中立派は全員欠席だと!? ふざけおって!」

声を荒らげるが、斜め後ろの侍従は黙って頭を垂れるだけだ。

――慰めの言葉ひとつ言えぬのか! クソッ、どいつもこいつも、私をバカにしおって!

いつからか、中立派の貴族たちが、ヘンリーの招待に理由をつけては欠席するようになった。

リフモルドの派閥にいたはずの貴族も気付けば一人、また一人と姿を見せなくなってきている。

――どうしてなのだ!? サラがいなくなれば、皆、私の優秀さに気付くはずだったのに!

血統の確かさだけで未来の国母となる栄誉にあずかりながら、恩着せがましく仕事を引き受けるふりをして、陰ではヘンリーのことを見下していた、あの女。

リフモルド侯爵から「彼女がいる限り、あなたは『女の力を借りなくては何もできない無能者』と嗤《わら》われつづけることでしょう」と言われて初めて「気付いた」のだ。

思い返せば、サラはいつも「あなたは無能だ」と遠回しに言いきかせるように、ヘンリーの無知や失敗ばかりをあげつらい、くどくどと小言を垂れていた。

あの女さえいなくなれば自分の実力を発揮できる、真の才を皆に認めさせられる。

そう気付いて、あの女を廃そうと決めたのだ。

——それなのに、なぜ上手《うま》くいかない!?

毎日しなくてもいいような、する意味もわからないような雑務ばかり押しつけられて、議会でも発言するたびに白けた目を向けられる。

なれあいの無駄な贈り物をやめて経費を削減し、国のためになる治水工事を推進して、きちんと結果を出しているというのに。

リフモルド侯爵は「皆、まだ殿下の素晴らしさに気付いていないだけです」と言ってはいるが、いったい、いつになったら気付くのだろう。

——サラなどいなくても、上手くやれると思ったのに!

面倒が増えただけで、何もいいことがない。

——クソッ、こんなことになるのなら、売り払ったりしなければよかった!

考えてみれば、権限を奪い、雑務だけをやらせるようにすればそれですんだ。

他の男に投げ与えるのではなく、手元に置いて、身のほどを弁《わきま》えるよう、ヘンリー自身で躾《しつ》けてやればよかったのだ。彼女はヘンリーの妃《もの》になるはずだったのだから。

——いや……今からでも遅くない。あの奴隷商を脅して、取り戻してやる!

サラが売れたと聞いて、誰に売ったのか尋ねたときは「皆様、身元を詮索しないお約束でお買い上げいただいておりますので……」などとはぐらかしていたが、見当くらいはつくはずだ。

サラを売ったときと同じく、「断れば店を潰してやる!」と脅せば言うことをきくだろう。

性奴隷に堕《お》ちた女を婚約者に戻すつもりは毛頭ないが、雑務をやらせるだけなら問題ない。

――それに、色々としこまれているだろうからな。鬱憤晴らしに役立つだろう。

鬱陶しい女だが、顔と身体《からだ》つきだけ、それだけで判断するのならば上等な部類だった。

心が折れて、男に従順になっているであろう今なら、可愛《かわい》がってやってもいい。

自分の脚の間に跪《ひざまず》き、空色の瞳を潤ませて見上げるサラの姿を思い浮かべて、ヘンリーは苛立ちが和らぎ、自然と頬がゆるむのを感じた。

――そうだな。買い戻して、ぞんぶんに使ってやろう。

今日のくだらない宴《うたげ》が終わったら、あの奴隷商の館をおとなうことにしよう。

そう決めて、心なしか軽くなった足取りで庭園へと向かった。


やがて屋外舞踏場の入り口に着いたところで、ヘンリーの機嫌はさらに上向いた。

中心の壇を背にして、ずらりと並んだ貴族たちの顔ぶれを目にして。

リフモルド侯爵の派閥の者だけでなく、欠席のはずの中立派の貴族たちもそこにいたのだ。

ずっと招待を断っていたせいで、肩身が狭いのだろう。

身を寄せ合うようにして、ひとところに集まっているため、奥の方の顔ぶれまではわからないが、かなりの数がそろっているようだ。

――なんだ、考えをあらためたのか、よしよし！

ただ、癇《かん》に障るのは、そろいもそろって空色の衣装をまとっていることだ。

よりにもよって、サラの瞳の色を。

――今日は星を見る会だぞ？　「空」違いだろうが！

まったく、礼儀もセンスもなっていないやつらだ――と呆《あき》れながら、壇に向かって歩きだす。

近付くにつれて、ごちゃりと集まっていた貴族たちが左右に捌《は》けていく。

花道ができるようで悪くはないが、人々が動くたびにドレスや上着の裾がひるがえり、チラチラと空色が揺れるのが、なんとも不快だ。

――今後は、空色の着用を禁じてやる。

上向いた機嫌が急降下するのを感じながら、歩みを進めるうちに最後の人波が割れて。

その向こうに、金糸の刺繡《ししゅう》をあしらった夜空色のドレスの女が立っていた。

――なんだ、まともなセンスの持ち主もいるではないか！

笑みを浮かべて、その女の顔に目を向け、ヘンリーはビクリと立ちどまる。

月光にきらめく淡い金の髪が、ふわりと夜風に揺れ、顔にかかったそれを細い指が払う。

澄んだ空色の目で、こちらをまっすぐに見すえていたのは――。

「……サラ」

最も卑しい身分に堕とし、穢《けが》してやったはずの元婚約者が、照り輝くような美しさを放ちながら、そこに立っていた。

＊　＊　＊

ヘンリーが、こぼれ落ちんばかりに目をみひらいて、こちらを見つめている。

エメラルドの瞳に浮かぶ驚きの色が徐々に薄れ、嬲《なぶ》るような嘲るような、なんとも厭《いや》らしい感情に染まり、ギラギラと輝いていくのをながめながら、サラは心の中で呟《つぶや》いた。

——もっと、胸がざわめくと思っていたのだけれど……。

いざ対峙《たいじ》してみると、不快感はあれど、不思議なほどに恐れも怒りも湧いてこなかった。

スッと目をそらし、ドレスの裾をひるがえして壇上へと上がる。

「おいっ、どこへ行く！」

苛立ったようなヘンリーの声に応えず歩みを進め、壇の真ん中で振り返ると、顔を真っ赤にしたヘンリーがズカズカと近付いて来るのが見えた。

「そこは今の君、いや、おまえが立っていい場所ではない！　今すぐ降りろ！」

声を荒らげて壇上に上がりながら、唇の端を歪《ゆが》めて周囲に聞こえよがしに叫ぶ。

「高貴なる者の集まりに、卑しい生き物が紛れこんでいるぞ！　誰か、この奴隷をつまみだ——」

「奴隷じゃねえよ」

品のない嘲笑を、張りのある低音が遮る。

ハッとヘンリーが振り向くと同時に、人波を縫って、スルリと壇上に上がったレゼルが、サラの傍らに寄りそう。

「……何を言うっ、確かにその女は奴隷に堕ちたんだ！　それも、最も卑しい性奴隷にな！」

「殿下っ！　おやめください！」

喚《わめ》くヘンリーに駆け寄ってきたのは、リフモルド侯爵だった。

「なんだ、リフモルド！　おまえまで私の邪魔をするつもりか!?」

「違います！　……サラ様の処遇については口にしてはいけませんと、あれほど申したではありませぬか……！」

ひそめた声でリフモルド侯爵が諫《いさ》め、ハッとヘンリーが口を押さえるが、すでに遅かった。

「……嘘《うそ》でしょう？」

「修道院に入られたはずではなかったのか？」

ざわめきの声を上げるのは中立派ではなく、リフモルド侯爵派の者たちだ。

「そんなこと、聞いていないぞ……！」

「いくらなんでも性奴隷だなんて！」

リフモルド侯爵やヘンリーに与《くみ》してはいるものの、サラやオネソイル家との交流があった貴族は少なくない。

サラに科された本当の処遇を聞いて、彼らの中に残っていた良心が目覚めたのだろう。

今さらとも思えるが、今だからこそ都合がいい。

囁《ささや》き交わす声が高まるにつれて、ヘンリーの顔が紅潮していく。

レゼルは声を上げた貴族たちをチラリと見てから、ヘンリーに視線を戻した。

「……本人の同意のない奴隷売買は無効だ。あんたが勝手に売っただけで、サラは同意なんてしてない。だから、サラは奴隷じゃない」

「っ、サラだと!? 何を馴《な》れ馴《な》れしそうに！ だいたい、なぜおまえがここにいるのだ!? 礼儀を知らぬ平民上がりを招いた覚えはないぞ！」

「……彼は私の付添人です」

怒りに顔を染めて喚くヘンリーの疑問に答えたのは新たな登壇人、ロイスクープ侯爵だ。

「付添人だと？」

「はい。近頃めっきり年を取りまして、足元が不安なものですから、ダシルヴァ卿《きよう》に付き添っていただいたのです」

スッと背すじの伸びた堂々たる佇《たたず》まいで告げられ、ヘンリーが憎々しげに顔を歪める。

「ロイスクープ、おまえ……、ああ、そうか！ 近ごろ小言が多いと思ったら！ サラに誑《たぶら》かされたのだな！ いい年をして、恥を知れ！」

「恥を知るのはあなたの方です、ヘンリー殿下」

厳粛な声でロイスクープ侯爵が言う。

「罪なき令嬢を性奴隷に堕とすなど、ダシルヴァ卿に助けられなければ、どのような辱めを受けたことか……この国の貴族、いえ、全国民の規範となるべき人間がして良い行いではございません」

「っ、罪はある！ この女は罪人だ！ だから、罰を与えてやったのだ！ 本人が認めたのだぞ！ そうだろう、サラ!?」

矛先を向けられたサラは静かにヘンリーを見つめ返し、頷《うなず》いた。

「はい、認めました」

「そうだろう！　皆、聞いた――」

「あなたに脅され、仕方なく。それは、あの日、私を見捨てた皆様もよくご存じのはずです」

サラの視線を受けた、リフモルド侯爵派の貴族たちが一斉に目を伏せる。

それを見て、得意満面にゆるみかけていたヘンリーの顔が、再び怒りに染まる。

「なっ、サラ、約束が違うぞ！　おまえ、この卑怯者《ひきょうもの》！」

気色ばんでサラに手を伸ばしかけるのを、横から伸びたレゼルの手が阻む。

「……卑怯なのは、おまえだろうが」

ヘンリーの手首をギチリと握りしめながら、レゼルが冷ややかに目を細める。

「散々世話になった女に冤罪《えんざい》ふっかけて、家族を危険にさらしたくなければ罪を認めろ？　下衆《げす》にもほどがある。気色わりぃ」

「なっ、な、おまえ、よくもっ、よくも！　おい、リフモルド！　なんとか言ってやれ！」

怒りと屈辱にわななきながら、ヘンリーが叫ぶ。

「は、はいっ！……黒の英雄殿は、何を根拠に冤罪だと？　有罪の証拠ならばいくつもそろっているのですぞ？」

鼻で笑うように問いかけつつ、リフモルド侯爵の額にはビッシリと汗が浮かんでいる。

その視線はレゼルとロイスクープ侯爵の間をチラチラと行き来していた。

愚かではない彼は気付いているのだろう。

自分と長年、議会と社交界で渡りあってきたロイスクープ侯爵が、勝ち目のない勝負に挑んだりなどしないことを。

サラは、そっとレゼルと視線を交わしてから、ロイスクープ侯爵に目を向ける。

「……ロイスクープ卿、お願いいたします」

「かしこまりました」

厳かに頷いたロイスクープ侯爵が懐から、筒状に丸めたぶ厚い書類を取りだす。

そして、ハラリとひらくと「おまえには聞いていない！」と喚くヘンリーに取りあうことなく、そこに書かれた冤罪の証拠、ヘンリーとリフモルド侯爵の罪の証拠を読み上げはじめた。

「では、まずはじめに――」

証人の名前、職業、供述、それに伴う物証があれば物証も。

文官、女官、侍従、宝石店の店員、仕立て屋のお針子、会計士とその補佐、土木職人、地方役人、罪悪感から罪を告白したリフモルド侯爵派の貴族に至るまで。

いつかの芝居がかったリフモルド侯爵と違い、ロイスクープ侯爵は粛々と読み上げていく。

一人、また一人と証言と証拠が積み上がるにつれて、リフモルド侯爵の顔からは血の気が引いていき、反対にヘンリーはますますいきりたっていった。

何度も「裏切者！」「その嘘つきをつれてこい！」と喚き、そのたびにレゼルに「黙ってろ」とどやされていた。

しまいには顎をつかんで「外すぞ」とすごまれ、ようやく口を閉じたものの、ギラギラと憎悪に燃える目でロイスクープ侯爵やサラを睨《にら》むのだけはやめなかった。

最後に奴隷商の名が上がったときには、名状しがたい怒声を発していたが、レゼルが顎をつかむ指に力をこめたのだろう。

かぼそい悲鳴を上げた後、涙目で黙りこんでいた。


およそ半時間あまり。

長い長い演説を終えて、ロイスクープ侯爵が口を閉じたとき、辺りは静まり返っていた。

正確には風の音や夜ふかしなコマドリ、ナイチンゲールのさえずりなどは聞こえていたが、言葉を発する人間はいない。

「……さて、以上となりますが、何かご不明な点や、事実と異なる点はございますかな？」

「ああ、ちなみに、証人は黒鉄《くろがね》騎士団で身柄を確保、いや、保護してあるから安心してくれ」

ロイスクープ侯爵の問いに、レゼルが「証拠隠滅できると思うなよ」という意味をこめて、言い添える。

「………………ございません」

リフモルド侯爵は忙《せわ》しなく視線を動かしていたが、レゼルの言葉がとどめだったのだろう。

観念したように目を閉じ、うなだれた。

「――っ、放せ！　あるに決まっているだろう！」

激しく頭を振ってレゼルの手を振り払ったヘンリーが叫ぶ。

「私は罪など犯していない！　王太子としてなすべきことを、当然の権利を行使しただけだ！」

このごにおよんで悪びれる様子のないヘンリーに、サラは呆れや怒りを通りこして、言いようのない悲しみと虚《むな》しさを覚えた。

彼に立派な王になってほしくて支えてきた、あの十年間は、なんだったのだろう。

サラの言葉も努力も、何ひとつ響いていなかったのだ。

もしかしたら、最後の最後で悔い改めてくれるのではないか、と期待していた。

けれど、これはもう無理だ。

「私に無実の罪を着せ、性奴隷に堕とすことが、王太子としてなすべきことだったとおっしゃるのですか?」

諦めと決別の気持ちをこめてヘンリーを見すえ、静かに尋ねると、ギッと睨みつけられる。

「そうだ！　おまえは私をバカにした！　罰を与えるのが当然だろう！　私は、この国で最も尊い存在なのだから！」

傲慢な叫びが屋外舞踏場に響きわたって――。

「……残念だ、ヘンリー」

低くかすれた、けれど深い威厳に満ちた声が、それに応えるように響いた。

「ち、父上!?」

「陛下、それに、お父様も……?」

人波がサッと左右に割れ、サラの父に支えられて姿を現したのは、転地療養中のはずのグリッドヤード国王だった。

ヘンリーの婚約者時代、手紙のやり取りはしていたものの、顔を合わせるのは三年ぶりだ。はとこ同士なためか、こうして二人並ぶと白いものが交じった金の髪も、整った顔立ちも、体格さえもよく似ている。明確に違うのは、ただ一点。

──陛下、ずいぶんとお痩せになって……。

しんみりとするサラを横目に、ヘンリーはうろたえたように国王に尋ねた。

「父上が、どうしてここに!?」

「……ロイスクープ卿からの手紙に『罪があるならば裁くが良い』と返したのだが、オネソイル卿が訪ねてきてな。直接、ヘンリーに引導を渡してほしいと頼まれたのだ」

その言葉にサラは、ハッと父を見る。

──今日はお出かけになると言ってらしたのは……このためだったのね。

七日ほど前、サラはレゼルに頼んで「何もしてくれなくてもいいので、その場にいてほしい」といった趣旨の手紙を父に出していた。

けれど、「出かける予定があるので、参加できるかわからない」と返ってきて、ひどく落胆してしまった。

けれど、その「予定」とは、このことだったのだ。

感謝をこめて父を見つめると、父はグッと眉を寄せて、そんなものはいらないというように首を横に振る。

そのやりとりを国王は静かにながめてから、自分の息子へと視線を戻した。

「……尊いからといって、何もかもが許されるわけではない」

国王の言葉に、ヘンリーは正《まさ》しく親に悪戯《いたずら》がばれた子供のように顔をしかめた後、ヘラリと笑みを浮かべて言いつくろう。

「いやだなぁ、父上。別にたいしたことはしておりませんよ。現にサラも、こうして元気そのものではありませんか！」

「それはただの結果論だ。どうしても、己の罪を認められぬのだな？」

「っ、ですから！　私に罪など――」

「残念だ」

激したように声を跳ね上げるヘンリーの言葉を、国王は静かに、けれど厳しく遮った。

「かねて、おまえの気性の危うさには気付いておった。それでも、サラがついているのならば問題ない。きっと二人で立派に国を治めていける。そう思っておったのだが……」

「なっ、何を……父上まで、私がサラがいないと何もできぬ無能者だとおっしゃるのですか!?」

「そうだ」

迷いなく断じられ、フラリとヘンリーがよろめく。

「そんな……」

「もはや、おまえに王となる資格はない」

とどめを刺すように国王は続ける。

「己の罪に気付くまで、静かな場所で自分と向き合い、過ごすといい」

そうまで言われて、ようやくヘンリーも理解したのだろう。

今、自分はすべてを失ったのだと。

ガクンとその場にへたりこみ、それから、ブルブルと震えはじめる。

「こんなの嘘だ……認めない……認めない……っ」

「……ダシルヴァ卿、後は頼む」

「……御意」

国王の命令に眉をひそめてレゼルが答えて、スッと右手を掲げる。

それが合図だったのだろう。

固唾《の》を呑んで成り行きを見守っていた貴族たちの後ろから、きゃ、と驚いたような声が上がり、人波が割れて、こちらに向かってくる黒騎士たちの姿が見えた。

黒騎士たちは厳しい表情でヘンリーを取り囲むと、チラリとレゼルに視線を送る。

「……罪人だ。拘束しろ。そっちのやつと一緒に牢《ろう》に放りこんでおけ」

「なんだとっ！」

声を上げたヘンリーに、黒騎士たちが一斉に手を伸ばす。

「っ、やめろ、嫌だ！　さわるな！　下賤《げせん》の輩《やから》が！　このよう——むぐっ」

子供のように喚き立てるヘンリーの抵抗をものともせず、黒騎士たちは手早く彼を拘束し、口に布を押しこんで、とりわけ体格の良い一人が肩に担ぎ上げる。

そのまま呻《うめ》き声《ごえ》を撒《ま》き散らしつつ、ヘンリーはリフモルド侯爵と共に連行されていった。

再び、しんと辺りが静まりかえる。

そこで国王が父に支えられてゆっくりと壇上に上がってくると、サラと向き合い、頭を垂れた。

「……長い間、そなた一人に負担をかけて、すまなかった」

「……どうかお顔をお上げください、陛下」

サラはゆるりとかぶりを振って、国王に告げた。

「私では力不足だった。それだけですわ」

「そうか。そう言ってくれるのはありがたいが……恨んではおらぬのか？　奴隷に、それも性奴隷に堕とされたというのに」

「結果論にはなりますが……今、私はとても幸せです。あのままの未来を生きるよりも、ずっと」

そう言って、チラリとレゼルに視線を向けると、レゼルはパチリと目をみはり、それからキュッと細めて返してくる。

そのやりとりで、二人の間に通う何かを感じ取ったのだろう。

「……そうか」

国王は微《かす》かに表情をゆるめて頷くと、ゆっくりと背すじを伸ばした後。

「では、その幸せが続くように、できる限りのことをしよう」

サラとレゼルと順々に視線を合わせてから、少しだけ声を強めて、厳かに宣言した。

その言葉で、やりとりに耳を澄ましていた貴族たちにも、今日の断罪劇が幕を閉じたとわかったのだろう。

そして、若い二人の間に、何かの物語の幕が上がっているらしいということも。

人々の間に、ホッとしたような空気が広がり、寄り添うレゼルとサラに向けられる視線も、祝福めいた温かなものへと変わっていく。

それを受け、サラはレゼルと視線を交わし、満ち足りたような心地で微笑《ほほえ》みあったのだった。

＊　＊　＊

それから、十日後。

涼やかな夜風に乗って秋薔薇《あきばら》が香る、満月の夜。

社交界に復帰したサラは、王宮の屋外舞踏場であらためてひらかれた「星見の会」で、招かれた人々と穏やかに語らっていた。

白いレースで縁どり、淡い金色のリボンを胸に飾った、空色のドレスを身にまとって。

その傍らに立つのは残念ながら——といったら申しわけないが——レゼルではなく、父だ。

あの後、父は国王と話すために残り、レゼルに送られてオネソイル家に戻ったサラを見た母は、大粒の涙を流し、エリックはそれに輪をかけて大泣きしながら出迎えてくれた。

どうやら両親はエリックに「サラは家のための用事で遠くに出かけている」と伝えていたらしく、

「おそいです」「まいごにでも、なってらしたのですか」と叱られてしまった。

そして、二度と迷子にならないようにと、ポケットいっぱいにどんぐりを詰めこまれた。

「こんどおでかけになるときは、これをおとしていくのですよ！」

そうすれば、それをたどって帰ってこられるから、と真剣な顔で言いながら。

サラは「ええ、ありがとう！」と泣き笑いで答えて、エリックを抱きしめたのだった。


それから数日のうちに、ヘンリーは廃太子の上、幽閉と決まり、リフモルド侯爵家は取り潰し、所領と財産没収の上、一族もろとも国外追放となった。

その間に、サラとレゼルの婚約も無事成立した。

「——サラからは承諾をもらっています。何があっても結婚するつもりです」

レゼルから、そんな不遜ともいえる報告を受けた父は「わかった」と苦笑し、母は「まあ、情熱的！」と頬を押さえていた。

エリックは「およめにいってしまったら、また、ねえさまにあえなくなります」と渋ったものの、レゼルが「じゃあ、会いにこいよ。男は自分から動くもんだぞ？」と言うと、ムッとしたように、「では、いきます！」と言い返していた。

ただ、公の発表は、まだしていない。

父と国王が話しあった結果。

これまでヘンリーに阻まれ、正当な評価を受けられなかったレゼルに、リフモルド侯爵から没収した所領の一部と勲章を授けることが決まったため、「その授与式で一緒に発表してはどうか」と提案されたのだ。

社交界にいまだに残るレゼルへの不満や侮りも、それで一掃できるだろうと。

それを受けてレゼルが「確かに、そのタイミングなら反対するやつもいないだろう」と賛成したため、半月後の授与式での発表が決まったのだ。


サラは、今夜だけ右手の薬指に移したイエローダイヤモンドの指輪を、そっと撫《な》でて微笑む。

——楽しみだわ。

キラキラと輝く満月色の宝石。

その色の瞳の持ち主は、今、ここにはいない。

まだ公にしていないため、エスコート役はお願いできないが、それでも一緒に出席する予定で、オネソイル家の屋敷にまで来ていたのだ。

けれど、黒鉄騎士団の急な出動が入ってしまい、叶《かな》わなくなった。

レゼルはサラをギュッと抱きしめて謝ってくれて、サラは「あなたの助けを必要としている方がいるのでしょう？　どうかお気をつけていってらして！」と笑顔で送りだした。

——本当は寂しいけれど、「夜には絶対戻る」と言ってらしたもの……だから、平気よ。

今夜は満月だから、彼を鎮めに行くのだ。父と母には「今夜は帰りません」と伝えてある。

——ふふ、お父様、ショックを受けた顔をしてらしたわね。

その横で母は満面の笑みで「ええ、いってらっしゃい！」と言ってくれた。

未婚の令嬢が婚約者とはいえ、男の家で夜を明かすなど、褒められた行為ではないのはわかっているが、後ろめたさはない。

だってレゼルを鎮めるのは、今も、これからも、サラだけに許された役目だから。

——それに、今さらだわ。

この半年近く、ずっと彼の屋敷で過ごしていたのだから。

十日ぶりにロニーや皆に会えるのが、今から楽しみだ。

もっとも、彼らとゆっくり話す時間が取れるか、取らせてもらえるかどうかは、レゼルの昂《たか》ぶり次第なわけだが……。

——この十日間、口付けだけしかできなかったものね。

レゼルは毎日会いにきてくれていたが、応接室での逢瀬《おうせ》となったため、抱きあって唇を重ねるのが精一杯で、それ以上のことはできなかった。

——今夜は帰れないどころか、眠ることさえできないかもしれない。

そんなちょっぴりいかがわしいことを考えて、ジワリとほてる頰を押さえたそのとき。

舞踏場の入り口の方で、ざわめきが上がった。

畏怖や戸惑いまじりの響きに、サラはハッと手を下ろし、姿勢を正す。

あの糾弾劇で中止になった「星見の会」をやり直すと決まった際に、サラはセオリーから外れていると知りながら、満月の夜にしてほしいと国王に頼んだ。

こうして元の暮らしに戻った今、どうしても御礼《おれい》を言いたい相手がいたから。

ざわめく人々の合間を縫ってあらわれた人物を目にして、サラは微笑む。

――ベネディクトゥス陛下……来てくださったのね。

夜風になびく白銀の髪、雪のように白い肌、金の瞳。

彫像のような美貌は、多少の距離があっても見間違いようがない。

――今夜にしていただいてよかったわ。

必ずしも会える保証はないが、もしも会えたらと思ったのだ。

サラが戻れる場所を、オネソイル家を守るための証人になってくれたこの人に、一言だけでも、感謝を伝えたかったから。

いつものごとく泣きはらしたような目が、ふらりと動いてサラを捉える。

「……ああ、あのときの……」

形の良い唇が動いて、呟きと共に首を傾《かし》げるベネディクトゥスに、サラはドレスの裾を摘《つ》まみ、足早に近付く。

二十歩ほどあった距離が十歩まで縮んだところで、ベネディクトゥスが不意に息を呑み、パチリと目をみひらいた。

近付かれるのが嫌なのかと、サラは慌てて足をとめ、その場で淑女の礼を取る。

「……お久しぶりにございます、ベネディクトゥス陛下。不作法なふるまいをして、誠にもうしわけございません」

ドレスの裾を摘まんで腰を落とし、軽く頭を垂れて詫《わ》びる。

それから、スッと背すじを伸ばして――今度はサラが目をみひらくこととなった。

いつの間にか目の前に、ベネディクトゥスが立っていたのだ。

「……ベネディクトゥス陛下？」

人よりも瞳孔が少しだけ縦に長い金の瞳。

竜の証《あかし》であるその目が煌々《こうこう》と輝きながら、まっすぐにサラを捉え、いや、捕らえている。

その視線に圧《お》されたように、思わず一歩、後ずさった瞬間、右腕に痛みが走った。

ハッと目をやれば、ベネディクトゥスの手がサラの腕をつかんでいた。

「っ、ベネディクトゥス陛下!?」

「匂いがする」

ボソリとベネディクトゥスが呟く。

「ああ、懐かしい……そうだ、このような匂いだった」

感情が抜け落ちたような平坦《へいたん》な声に、サラは背すじに冷たいものが走るのを感じた。

「あの、いったいどうなさったの――ひっ」

腕をつかむ彼の手がふと離れ、震える声で問いかけようとしたところで、サラは息を呑む。

自分を見つめるベネディクトゥスの瞳、人間よりも少し縦長だった瞳孔が不意にぐわりとひらき、金色の瞳が闇色に染まっていくのを目にして――。

「……ああ、よかった。ようやく見つけた」

平坦だった声にジワジワと奇妙な熱が混ざっていく。

「君の気配がなくなって……この七年間、どれほど恐ろしかったか……！」

瞳に涙を滲《にじ》ませ、声を震わせながら紡がれる言葉の意味を、サラは理解できない。

作り物のように美しい顔立ちが、いまはかえって恐ろしかった。

言葉の通じない生き物のようで。

「だが、やっと見つけた。生まれ変わってきてくれたのだな！」

感極まったような叫びと共に、闇色に染まった瞳に涙の膜がふくれあがり、ポロリとこぼれる。

「……何を、おっしゃって」

腕を離れた優美な指先が頬へと伸ばされるのを、サラはただ怯えながら見つめるほかない。

「嘘つき女はもういない。きちんと潰した。もう二度と放さない。君を必ず守るから、今度こそ、一緒に帰ろう？」

切々と訴える間も、次から次へとあふれる涙がベネディクトゥスの頬を伝っていく。

ハラハラとこぼれたそれらは、地面に落ちる寸前で、見えない何かにぶつかったようにとまる。

そして、蛍のようにふわりと浮かんで、光りはじめた。

「……なんだ!?」

いつの間にか、すぐそばまで来ていたらしい父が戸惑いの声を上げる。

どうしていいかわからず、成り行きを見守っていた周りの貴族たちも同じだった。

宙に浮かぶ無数の白い光が、徐々に光沢を放ちはじめて——。

「……もしかして……鱗《うろこ》？」

誰かが呟き、その途端、ざわめきに怯《おび》えの色が混ざる。

白蝶《しろちょう》貝《がい》を思わせる、淡い虹色の輝きを宿した鱗はきらめきながら辺りを漂っていたが、不意に、ピタリととまり、ぶわりとベネディクトゥスを取り巻いた。

次の瞬間、鱗が一斉に光を放つ。

「――っ」

あまりのまばゆさにサラは目をつむる。

目蓋の向こうの閃光《せんこう》が消え、ゆっくりと目蓋をひらくと、そこには白く輝く竜がいた。

どよりとざわめく人々の声には、そして、サラと同じくベネディクトゥスを見上げる視線には、深い畏れが滲んでいる。

夜空を行く姿を見上げていたときは、ただ美しいだとか、もの悲しいとしか思わなかった。

けれど、こうして目の前にした今、圧倒的な存在感に身体が竦《すく》む。

――これが……竜。

涙でつくられた白銀の鱗。美しくきらめくそれは刃をも通さぬ鋼の硬度を持っている。

しなやかな四つ足の巨体は、胴体だけでも荷馬車ほどの大きさがあるだろう。

強靱《きょうじん》な翼を広げれば、小さな家くらい包みこんでしまえるかもしれない。

ふれられてもいないのに、それが放つ目に見えない何かに気圧《けお》されて、サラは動けなかった。

白い竜が長い首をゆっくりともたげて天を仰ぎ、巨大なあぎとがひらかれる。

その額から伸びた一対の角が、満ちた月を突きさすように見えて、背すじがゾクリとした瞬間。

大気を揺らす咆哮《ほうこう》が轟《とどろ》いた。

「〜〜っ」

背後の父や、周りを取り巻く人々が口々に悲鳴や呻きを上げて、その場に崩れ落ちる。

サラも、とうてい立っていられなかった。

ギュッと目をつむり、耳を塞いで、しゃがみこもうとしたそのとき。

「——ぁぐっ」

鈍い衝撃が腹に響いて、呻きがこぼれた。

ハッと目をひらいて見えたのは、自分の身体に巻きつく巨大な竜の手。

鳥の趾《あし》に似ているが、一本多い、五本のかぎ爪がサラを捕らえるようにゆっくりと閉じる。

「ひっ、い、いやっ」

慌ててつかんで、引き剝がそうと力をこめてもビクともしない。

——なんなの？　どうしてこんな!?　まさか、やっと見つけたって……嘘でしょう!?

何が起ころうとしているのか薄々気付き、サラの顔から血の気が引いていく。

「っ、お待ちください、ベネディクトゥス陛下！　何かの間違いですわ！」

必死の呼びかけは、再び番《つがい》を得た歓喜に我を忘れた竜には届かない。

「いやっ、どうしてこんな……！」

大団円を迎えた、その先で、さらなる幸せが始まるはずだったのに。

レゼルと一緒に未来を歩いていける、そう思っていたのに。

「お願いですっ！　話を聞いてくだ――きゃあっ」

呼びかける声は、強靱な羽ばたきに打ち消された。

ぶわりとサラの周囲で風が渦巻き、つま先が地面から浮き上がる。

「っ、いやっ」

「サラッ！」

ハッと振りかえれば、風圧で弾《はじ》き飛ばされたのだろう。

少し離れたところに転がる父が必死に身を起こし、こちらに手を伸ばすのが見えた。

「っ、お父様、助け――」

サラも手を伸ばそうとしたが、叶わなかった。

ごう、と風が渦巻き、二度目の羽ばたきで、サラは空高く連れ去られていた。

「いやぁぁぁっ！」

悲痛な叫びがみるみるうちに遠ざかり、夜空に溶ける。

月に向かって飛んでいく白き竜とその手に捕まった娘を、人々は呆然《ぼうぜん》と見送るほかなかった。

# 第七章 ✦ 彼がいない世界で、幸せになんてなれるわけない！

サラが連れこまれたのはリドゥエル帝国の宮殿の中庭、その中心にそびえ立つ、「竜の寝床」と呼ばれる塔の最上階だった。

そこの主《あるじ》である竜帝が、竜の姿のまま出入りできるようにだろう。

床から天井近くまである、洞窟の入り口めいた半円状の巨大な窓が石壁に穿《うが》たれ、その周囲の床は雨風が吹きこんでもいいようにか、木の床ではなく大理石張りになっている。

竜の姿のベネディクトゥスはそこから中に入るなり、いったんサラを床に下ろし、すぐさまスカートを咥《くわ》えて持ち上げた。

そのまま地響きを立てて部屋の奥に歩いていくと、金色の天蓋を戴《いただ》く寝台に放り投げる。

「きゃっ」

ぼすんと寝台に沈み、やわらかな衝撃に目をつむってひらいて、サラは、ひ、と息を呑《の》んだ。

いつの間に戻ったのか白い装束姿のベネディクトゥスが、ギラギラと瞳を光らせながら、こちらを見つめていた。

サラがジリリと後ずさると、空いた場所を埋めるようにギシリと寝台に上がってくる。

「……さぁ、あの夜のように、愛《いと》しあおう」

闇色に染まった目を細めて愛おしげに微笑《ほほえ》む、ベネディクトゥスの顔は夢のように美しい。

けれど、今のサラにとっては、この上ない悪夢だった。

「──ひっ」

肩をつかまれ、組み敷かれて、覆い被《かぶ》さってくる男が落とす影に恐怖がこみあげる。

「い、いや……お願いです、おやめくださいっ」

「……怯《おび》えないでくれ、大丈夫だ。私もあのときよりは大人になった。あの夜よりもきっと上手に君を喜ばせられる」

ベネディクトゥスはサラを見ているようで、見ていない。

瞳の焦点はサラを通して、誰かに向かっている。

おそらくは、遠い昔に失った本物の番《つがい》へと。

「ち、違いますっ、私は、あなたの番ではございません！」

「そのような悲しいことを言わないでくれ。確かに色も形も変わったが、どのような君でも愛している」

口調は奇妙なほどやさしいが、その息遣いは荒く、サラの手首をつかんで敷き布に縫いつける手の力は恐ろしいほどに強い。

決してきつく握られているわけではないし、痛みもない。

だが、まったく動けないのだ。

まるでカチリと枷《かせ》をつけられたように、持ち上げられない。

やつれたような見た目は、ともすれば弱々しささえ感じるのに。

——やはり、人ではないのね。

こみあげる恐怖に身を震わせ、現実から目を背けるように顔を背けたところで、誘われるようにベネディクトゥスが身をかがめる。

「——っ」

首すじに顔を埋《うず》められ、熱い息がかかる。

肌の匂いを確かめるように、スッと息を吸いこむ気配に、ゾワリとサラの肌が嫌悪で粟立《あわだ》つ。

——い、嫌、絶対に嫌……！

このまま穢《けが》されるくらいならいっそ——そう、覚悟を決めかけたところで、ピタリと彼の動きがとまった。

肌にかかる荒々しい吐息さえも。

「……違う」

ポツリとこぼれた呟《つぶや》きが、サラの耳に届くより早く。

ベネディクトゥスは焼けた鉄にでもふれたように手を離し、弾《はじ》かれたように身を起こした。

サラを映した目の中、瞳孔がスッとすぼまり、金色に戻った瞳が激しく揺れる。

「違う。彼女の匂いじゃない」

呻《うめ》くように言いながら、作り物めいた顔がくしゃりと歪《ゆが》み、金色の瞳に涙がふくれあがる。

「ああ、すまない、違う、違う、違った、すまない、違う、すまない……！」

長い睫《まつげ》毛を濡《ぬ》らし、頬へと伝い落ちるそれを拭いもせず、譫言《うわごと》のようにくりかえす。

「ようやく見つけたと思ったのに……！」

血を吐くような悲痛な声で言ったかと思うと、ベネディクトゥスはサラに背を向け、逃げるように寝台を下りる。

そうして、ふらりと危うい足取りで部屋の奥へと歩いていって、そのまま振り向くことなく扉をあけて出ていった。

バタンと扉が閉まったところで、サラはソロソロと身を起こす。

「……なんだったの？」

似ているからとさらってきて、違うと置いていった。

あまりにも理不尽で、わけがわからない。

「でも……これで、帰れる」

番ではないのなら用済みのはずだ。ここにいる必要はない。

サラは慌てて寝台から下りると、ベネディクトゥスが出ていった扉に向かって駆けだす。

――万が一にも気が変わって戻ってこられる前に、帰らなくては！

あれほど番に執着しているベネディクトゥスが「違う」と判断したサラに、また興味を示すとも思えないが、絶対とは言えない。

――だって、半年前は平気だったのに、今日はこんなことになったのだもの。

肌の匂いは違うようだが、もしかするとサラの使っている洗髪料や石鹸《せっけん》、香水だとかが、彼の番が使っていたものとたまたま同じだったのかもしれない。

それで誤認識するほど番に餓《う》えているのなら、また襲われる可能性がないとは言い切れない。一刻も早くここを出て、屋敷に帰って諸々《もろもろ》処分しなくては。

そう思いながら、はやる気持ちでドアノブに手をかけようとしたところで、それを回すより早く扉がひらいた。

「――っ」

サラは息を呑んで後退《あとずさ》り、すぐに肩の力を抜く。

扉から顔を覗《のぞ》かせたのはベネディクトゥスではなく、女官らしき黒髪の女だったのだ。

年のころ四十代半ばほどの女官は厳格そうな顔つきをしていたが、サラをみとめると、ハッとしたように目をみはり、それから満面の笑みになった。

どうやら敵意は持たれていないようだ。

ホッと胸を撫《な》で下ろしつつ、サラも笑みを作って話しかける。

「……驚かせてもうしわけありません。私はグリッドヤード王国のオネソイル公爵家の娘、サラと申します。こちらの宮殿にお仕えの方でしょうか？」

「ええ、そうですわ。女官長を務めております、モネクと申します。三十年ほど前ではございますが、先の竜帝妃様にも女官としてお仕えさせていただきました」

ニコニコと告げられた役職に、サラの胸に一抹の不安がよぎる。

なぜ、わざわざ先の竜帝妃の名を出したのか。

答えはすぐにわかった。

「新たな竜帝妃様が何不自由なくお過ごしになれますよう、誠心誠意お仕えしたく思いますので、どうぞよろしくお願いいいたします」

恭しく頭を下げるモネクに、サラは慌てて「違います」と言い返す。

「私はベネディクトゥス陛下の番ではございません！　何か誤解なさっていたようで、『違った』『すまない』と謝ってくださいました。ですから、私は違うのです！」

サラの必死の訴えをモネクは目をみはって聞いていたが、段々とその顔に落胆が広がっていく。

「……違った？」

「は、はい。ですので、もうお暇《いとま》させていただこうかと……」

「そんな……」

三十年前から女官をしていたということは、きっとベネディクトゥスの幼いころから知っているのだろう。

その大切な主がようやく番を見つけた、と喜んでいたに違いない。

――勘違いだったと言われたら、それはガッカリするわよね……。

いたたまれなさに目を伏せたサラは気付かなかった。

モネクの表情が落胆から、強い決意がみなぎるものに変わりはじめたことを――。

気付いていたら、すぐさま扉をあけて出ていけただろう。

けれど、そのタイミングを逃がしている間に、ノックの音が響いた。

「――失礼いたします」

入ってきたのは、年のころ四十歳ほどの大柄な金髪の男。

白い騎士服に身を包んでいるところを見ると、ベネディクトゥス付きの近衛騎士《このえきし》かもしれない。

「ああ、竜帝妃様！　お初にお目にかかります！　私はベネディクトゥス陛下付きの近衛騎士隊の長をしております、アロイスと申しま――」

アロイスはサラをみとめるなり、先ほどのモネクのようにパッと笑顔になって、意気揚々と自己紹介を始め、その途中で不意に言葉を切った。

「……どうしたのです、モネク殿？」

戸惑ったような視線と問いかけは、サラの傍らのモネクに向けられている。

サラもつられて視線を移し、ひ、と小さく息を呑んだ。

モネクは思い詰めたような表情でサラを見つめて、いや、睨《にら》み据えていたのだ。

「……違うはずがございません」

「え？」

「あの陛下が、我を忘れてさらってくるほどの関心をお示しになったのです。ならば、あなた様は陛下の番になりうる方。そうに違いございません」

淡々と抑えたような声音なのが、かえって恐ろしかった。

「っ、い、いえ、本当に違うのです。ご期待に添えず、もうしわけありません。ですが、ベネディクトゥス陛下も『違う』とおっしゃいました。ですから、私は違う。違うのです！」

サラが否定の言葉をくりかえすうちに状況を呑みこんだのか、アロイスの表情が曇っていく。

「本当にもうしわけありません。ベネディクトゥス陛下の本当の番様が見つかりますことを、私も心より願っております。ですが、それは私ではありません。ですから……失礼いたします！」

重苦しさを増していく空気から逃れるように、サラは目を伏せて駆けだす。

そして、アロイスの傍らを通りぬけようとしたところで、パッと腕をつかまれ、よろめいた。

「っ、放してください！」

「……モネク殿の仰《おつしや》る通りです」

「はい？」

「陛下がここまでのことをされたのは初めてだ。ならば、そうさせるだけの何かがあなたにあったということです」

ゾッとするほど低く、ジワリと執念を滲《にじ》ませる声音で、アロイスが呟く。

「近衛として陛下にお仕えして二十年。番様の捜索に何度も同行しました。陛下のおっしゃる番様のお姿に似た女性を何人も見つけましたが、いつも陛下は、ただ空虚なまなざしで首を横にお振りになるだけでした……けれど、あなたには、こうしてさらってくるほどの執着を示された」

アロイスの言葉にモネクが深く頷《うなず》く。

「ええ、そうですわ。サラ様、あなたは特別です。ですから、たとえ本物の番でなくとも、あなたならば……陛下の子を孕《はら》めるかもしれません」

熱のこもったまなざしで告げられ、サラは血の気が引くのを感じた。

「……子を？」

「はい。竜は番としか子を残せません。ですが、あなたならば、その例外になり得る……！」

「ああ、そうだ。あなたならば、尊きリドゥエル皇家の血統を次代につなげる！　この上なく名誉なことではございませんか⁉」

興奮した様子で放たれる二人の言葉は、サラの耳には入っていても、頭と心がそれを受け入れるのを拒む。

「……いや、嫌です。私は違う。違うのっ、帰してください！」

子供のように嫌々と首を横に振りつつ訴えると、二人は一瞬、蔑みまじりの冷ややかな目をサラに向けた。

まるで、ものの価値がわからない、愚かな生き物を見るような目を。

けれどすぐに、ニッコリと懐柔するような笑顔になる。

「何がご不満なのですか？　あなたはこの国で、いえ、この世で最も尊い御方《おかた》の御子《おこ》を授かれるのですよ？」

「そうですわ。たとえ本物の番でなくとも、子さえ産めば愛していただけます。竜は番とその子を慈しむものですから」

「そっ、それなら、番ではない私の子では愛していただけませんわよね⁉」

「ご心配なく。先の陛下がおっしゃるには、自分の血を引く子供ならば、愛すべき匂いがするのだそうです。番の匂いと混ざって、愛《め》でずにはいられないのだと。ですから、大丈夫ですわ。その子を抱いていれば、あなただって慈しんでいただけるはずです」

笑みを浮かべて、あやすように言いきかせるモネクの目は笑っていない。

それに同意をするように頷くアロイスも同じだ。

絶対に逃がさない。そんな気持ちがひしひしと伝わってきて、サラはふるりと身を震わせる。

そんなサラの様子を二人はジッと見つめていたが、やがて、笑みを深めて言った。

「……突然のことで、今は混乱されているのでしょう。ひとまず陛下が戻られるまで、こちらでお休みくださいませ。私がおそばでお世話いたしますわ。アロイス殿は、サラ様がうっかり外に出て迷子にならないように、お守りになってください」

「もちろんです。この塔から間違えて出てしまわれぬよう、しっかりサラ様をお守りするように、部下にも伝えておきます」

「ええ、お願いしますね」

モネクが頷いたところで、サラはアロイスに部屋の奥に向かって突き飛ばされる。

「きゃっ」

たまらず倒れこみ、ハッと振り向いたときには扉が閉まっていた。

「……さあ、サラ様。考える時間はたっぷりとございます。どうかくだらぬ望郷の思いなどお捨てになって、早く心をお決めください」

その言葉を最後に口をつぐむと、モネクは扉の脇に置かれた椅子に向かって歩いていき、優雅な仕草で腰を下ろした。

きっとサラが少しでもおかしな動きをすれば、扉の外の騎士たちを呼びいれるつもりだろう。

サラは絶望したような心地で、ノロノロと首をめぐらせて、向かいの壁に穿たれた巨大な窓の外へと視線を向けた。

煌々《こうこう》と輝く満ちた月のまばゆさに、ツンと目の奥が熱くなる。

——ああ、レゼル……！

もう屋敷に帰っているだろうか。

サラが来ていないとわかったら、きっとオネソイル家に迎えに行くはずだ。

そうすれば、サラの身に起こったことも知ってしまうだろう。

——ただでさえ満月で辛《つら》いのに、余計な心配までかけてしまって……。

たとえ、ベネディクトゥスがサラを「いらない」と言ったとしても、モネクやアロイス、竜帝を慕う、いや、崇《あが》める人々はサラを容易には手放さないはずだ。

もしかしたら、このまま二度と、レゼルと会えないかもしれない。

そう思ったら胸が引き絞られるように痛んだ。

——そんなの嫌よ……！

ツンと目の奥が熱くなり、サラはきつく目をつむる。

涙をモネクに見せたくなくて堪《こら》えながらも、絶望が胸に広がっていくのをとめられなかった。

＊　＊　＊

サラは一睡もできなかったが、モネクも一睡もしてくれなかった。

置き物のように椅子に座ったまま、サラの一挙手一投足に目を配り、ジッと見張っていた。

途中で飲み物と食べ物を出されたが、もしも何か混ぜられていたらと思うと、とても口にする気にはなれなかった。

ジリジリと夜が更け、昇りきった月が、西の空へと傾いていく。

夜明けへと近付く空を、サラはモネクから、そして、豪奢《ごうしゃ》な寝台から離れるように、窓辺に座りこんで見ていた。

――帰りたい。レゼルに会いたい。

思うのはそればかりだ。

今夜はとても月がきれいだったから、きっと彼は苦しんでいる。

ようやく満月の夜が苦痛ではなくなってきたところだっただろうに。

そうなれたことを、サラも嬉《うれ》しく思っていたのに。

――どうして、こんなことに……！

どんなに自分に問いかけたところで答えなんて出ない。

そうとわかっていても悔やまずにいられない。

いったいどうして、何がいけなかったのだろう――と。

今日は星見の会でレゼルも一緒だから、少しでもきれいだと思われたくて、着替える前に湯浴《ゆあ》みをし、丁寧に髪に香油を伸ばして、ほんの少しだけカモミールの練り香水を使った。

爽やかな青りんごめいた匂いなら、きっとレゼルも気に入ってくれると思って。

——でも、きっとそのどれかが、ベネディクトゥス陛下に「誤解」させてしまったのだわ。

そう思ってもモネクには言えない。

言えばきっともう一度「誤解」させるため、同じものを取り寄せるだろう。

そして、他の女性でも試そうとするかもしれないが、まずは成功例であるサラに使うはずだ。

サラが拒めば、アロイスか他の騎士を使って、無理矢理押さえつけてでもするだろう。

その光景を想像してしまい、肌が嫌悪に粟立つ。

——いや、ふれられたくない！　レゼル以外、誰にも！

でも、会えなければ、二度とふれてもらえない。

いつか会えたとしても、そのころにはもう、ふれてもらう資格がなくなっているかもしれない。

他の男に肌を許して、あまつさえ、その子を身ごもってしまったら……。

——いや、そんなのいや！　お願い……助けて、レゼル！

ジワリと涙を滲ませながら、身を守るように強く自分を抱きしめて、サラが心の中で叫んだそのときだった。

扉の外で何かが倒れる気配がして、扉が蹴りあけられて——。

ハッと振り向いたサラの目に映ったのは、たった今、心で助けを求めたその人だった。

抜き身の剣を引っさげて、息を荒らげながら踏みこんできたレゼルは、初めて見るようなひどく険しい顔をしていた。

怒りに燃える金色の瞳はいつもよりも強く鮮やかに輝いていて、こんなときだというのに美しいと感じてしまう。

モネクがこちらに逃げるように駆けてくるのが見えていたが、サラの視線はレゼルから動かない、いや、動かせなかった。

「っ、レゼル！」

感極まったように名を呼べば、レゼルの視線が素早く動き、目がみひらかれる。

「サラ!?　……よかった、無事だったか」

ホッと表情をゆるませたレゼルが足早に向かってくるが、その行く手を阻むように、サラの前にモネクが立ちはだかった。

「……どいてくれ。斬らなくていいものは斬りたくない」

静かだが深い敵意をこめたレゼルの言葉に、モネクはゴクリと喉を鳴らし、額に汗を滲ませつつも、負けじと敵意のこもったまなざしで彼を睨みすえる。

「どうやってここまで来たのです？　アロイス殿は？　他の騎士たちは何をしていたのですか!?」

「皆、きちんと自分の職務を果たしたぞ。腕も悪くなかった。だが、場所が悪かったな。塔は階段での戦いになるから、数が多くても意味がない。一人一人なら、黙らせるのも簡単だった」

レゼルが淡々と告げるにつれて、モネクの額に浮かぶ汗の粒が増えていく。

目の前の男が、自分ではとうていどうにかできる存在ではないと悟ったのだろう。

モネクの身体《からだ》が微《かす》かに震えだしたところで、レゼルはサラに視線を移し、一瞬甘く微笑んでから、にわかに表情を引きしめた。

「サラ、あんたをさらいにきた。今度こそ二度と家には……いや、国にも戻れなくなるだろうが、大人しくさらわれてくれ」

深刻さを帯びた真剣なまなざしでもって告げられた言葉に、サラの胸に歓喜がふくれ上がって、ふと萎《しぼ》む。

——ああ、そうよね。そうなるわよね。

今、レゼルがサラを連れ去れば、モネクやアロイス、ベネディクトゥスを尊ぶ廷臣たちは、サラを取りもどそうとするだろう。

そうなれば、リドゥエル帝国とグリッドヤード王国で衝突が起きる。

国家の安寧を思えば、サラ一人を差しだして丸く収まるのなら、そうするのが当然だ。

きっと庇《かば》ってはもらえない。

——そうしたら、二つの国から追われることになる。

築いてきた地位も名誉も失い、これまでの努力はぜんぶ無駄になってしまう。

そんなことを、レゼルにだけはさせたくない。

「……いけません」

サラは彼に向かって伸ばしかけていた手を胸に引き寄せ、ギュッと握りこんで答えた。

「……なんでか聞いてもいいか？」

レゼルは一瞬傷付いたように目をまたたかせた後、グッと眉間に皺《しわ》を寄せて尋ねてくる。

「だって……レゼルはずっと頑張ってきて、ようやく認められるようになったのに！　私のせいで、ぜんぶ捨てさせるなんて嫌です！　ロニーだって反対したでしょう!?」

「……ブチ切れてた。あんなに怒ったあいつを見たのは初めてだった」

「それなら──」

「これだから貴族は、って！」

パチリと目をみはるサラに、レゼルは肩をすくめて続ける。

「『諦められませんよね？』って聞かれたから、『あたりまえだ！』って言ったら、ロニーのやつ、頭かきむしってしゃがみこんで『ぜんぶ、だいなしだ！』って叫んでた」

光景が目に浮かぶようで、サラは唇を噛《か》みしめる。

ロニーはレゼルが正当な評価を受けられることを望み、必死に頑張っていたのだから。

──今ならば、まだ取り返しがつくかもしれない。

そう思い、口をひらこうとしたとき。

「それで『いってらっしゃい、お幸せに！』って、思いっきり背中を叩《たた》かれた」

「え？」

「どれほど偉くなろうとも、幸せでないなら意味がないとさ。本当に欲しいものを、保身のために諦めるような、お貴族様にはなってほしくないそうだ」

「ロニーが、そんなことを……」

絶対に納得はしていなかっただろうに。

レゼルの、サラの幸せを願って送りだしてくれたのだ。

ジンと胸が熱くなり、ジワリと涙ぐむサラに、レゼルは、ふ、と目を細めて笑いかける。

「というわけで、俺は引かない。それに、今さら遅いだろう？　ここまで来るのに、色々やらかしてるからな」

そう言って、彼は手にした白刃を下げると、一歩サラに向かって踏みだす。

「サラ、俺はあんたのためなら、ぜんぶ捨てられる」

「……レゼル」

「でも、やさしいあんたは捨てられないだろうから、俺が奪って連れていく」

そう言って、手を差しだしてくる。奪うと言ったくせに、サラに選ばせるように。

――そうよね……今さら遅いわよね。

ここにくるために、レゼルは多くの騎士を斬って――命までは奪わないにせよ、負傷させたことは確かだろう――きたのだ。

ならば、サラにできることは彼と共に罪を背負い、茨《いばら》の道を一緒に歩むことではないだろうか。

そう思い、レゼルのもとに駆け寄ろうとして――。

「いかないでくださいませ！」

ジッと二人の会話を聞いていたモネクが、不意に身をひるがえしてサラに抱きつき、サラは反射のように抱きとめる。

「――サラ！」

緊迫感を帯びたレゼルの声に、ハッとなったときには遅かった。

モネクの手に握られた短剣——護身用のものをドレスに忍ばせていたのだろう——が、サラの喉元に突きつけられていた。

「……いかせるわけにはまいりません」

ピタリと刃を突きつけたまま、ゆっくりとモネクはサラの背後に回ると、短剣を握りなおして、あらためてサラの喉にあてがう。

力をこめれば、肌を裂き、その下まで掻《か》っ切れるように。

「陛下はこの帝国を統べる竜の最後の一体、いえ、一柱なのです。次代に繋《つな》げる可能性のある方を奪われるわけにはまいりません」

「……その大事な女を殺す気か？」

「他の男に奪われるくらいならば、それもいたしかたありませんわ。それがお嫌なら、剣を捨てて、お下がりください」

レゼルは金色の瞳を燃え立たせてモネクを睨みつけるものの、モネクが短剣を立て、サラの肌に切先がわずかにめりこんだところで、ギリリと歯噛みして剣を投げ捨て、一歩後ずさった。

「……誰か！　誰か来て！」

満足そうに頷いてから、モネクが叫ぶ。

十数えるほどの間を置いて、慌ただしい足音が部屋の外から聞こえてきた。

バンッと扉がひらいて駆けこんできたのは、アロイスとその部下と思われる近衛騎士たち。

頭を押さえていたり、白い騎士服の腕や脚が赤く染まっていたりするところを見ると、レゼルに倒され動けなくなっていたのだろう。

肩を押さえたアロイスが息を切らして室内を見回し、レゼルと向かいあう女たちに目をとめて、視線を鋭くする。

「アロイス殿、この狼藉者《ろうぜきもの》を捕らえなさい！」

「ダメ！　レゼル、逃げて！」

「レゼル？」

サラの言葉にアロイスが眉をひそめる。

「ああ、この方が噂《うわさ》の……さすがは黒の英雄殿。まんまとしてやられましたよ」

アロイスは悔しげに言いながら足早に近付くと、レゼルの膝裏を蹴りつけた。

「――っ」

ガクンと膝をついたレゼルに騎士たちが一斉に手を伸ばし、後ろ手に腕をねじり上げ、頭を押さえつけて跪《ひざまず》かせる。

「アロイス殿、サラ様の未練を断ってさしあげてください」

スッと短剣を下ろしてモネクが口にした言葉に、サラは血の気が引くのを感じた。

手足が冷たくなり、つま先が痺《しび》れる。

転がるレゼルの剣をアロイスが拾い上げ、レゼルのもとに戻っていく。

その剣がゆっくりと振りあげられ、白刃が月光を反射してきらめいた刹那、サラはモネクを突き飛ばして駆けだしていた。

レゼルに向かってではなく、ぽっかりとひらいた窓に向かって。

「サラ様!?」

「サラ!?」

数歩で縁まで辿《たど》りつき、サッと振り向き、サラは叫ぶ。

「その人を殺すなら、私も死にます！」

サラにアロイスたちをとめる力はない。

だから、この方法しかないのだ。

「その人を解放してくださるのなら、私も心を決めます！　ベネディクトゥス陛下にこの身を捧《ささ》げ、その子を授かれるよう、どのようなことでもいたします！」

「っ、サラ！　何をバカなこと言って――」

「お願いです、レゼル！　あなたが好きなの、あなたを愛しています！　あなたが生きていてくれさえすれば、私はきっとどんなことでも耐えられますから！」

声を荒らげるレゼルに、サラは悲壮な決意をこめて叫び返す。

そして、彼をなだめるように微笑んだ。

「心配しないで。私、ここで幸せになれるように頑張ります。だから、あなたも……あなたも、私のことなんて忘れて、どうか幸せになってください」

切なる想《おも》いと願いをこめて告げた言葉に、レゼルは頷いてはくれなかった。

「……ふざけるな」

爛々《らんらん》と光る目でサラを見つめながら、低く唸《うな》るようにレゼルが言う。

「忘れて幸せになれだ？　それができるなら、こんなことするか！」

「お願い、レゼル、聞き分けて……！」

「悪いが無理だ。あんたに他の男に身を差しださせて、それでのうのうと生きていけって？　ふざけるなよ！　勝手に諦めやがって！」

吠《ほ》えるように言ったかと思うと、レゼルが深く身を沈める。

次の瞬間、一気に身体を跳ね上げて、押さえこんでいた騎士たちを撥《は》ね飛ばした。

「サラ、そこにいろ！　一緒に――っ」

立ち上がりかけていたレゼルが、身をよじる。

その傍らでアロイスが振り抜いた剣の切先が、レゼルの左の首すじをかすめるのを、サラはハッキリと目にしてしまった。

一拍置いて、アロイスのまとう純白の騎士服が赤い飛沫《しぶき》に染まる。

首を押さえたレゼルが再び膝をついて、ようやく、サラは言葉を思いだした。

「い……いやぁぁぁっ！　レゼル！」

駆け寄ろうとしたサラの前にモネクが立ちはだかる。

「……さぁ、サラ様。ご自分でおっしゃったように、ここで幸せになるのです。この男のことなど忘れて！」

「いや……いやです」

ゆるゆると首を横に振りながら、サラは後ずさる。

視界の端で、レゼルの手の下から押さえきれずにあふれた鮮血が幾すじも伝うのが見えて、サラはもう一歩後ずさり、悲痛に顔を歪めながら叫んだ。

「彼がいない世界で、幸せになんてなれるわけない！」

魂からの訴えが天に届いてしまったのだろう。

それとも単に大声を出したことで身体のバランスが崩れただけか。

グラリとよろけ、踏みとどまろうと右足を後ろに引いて、引いた先には床がなかった。

「──っ」

視界が縦に回り、見えたのは明けゆく空。

西の空に満ちた月が沈みゆき、淡く光りはじめた地平線で夜と朝の色彩が入り混じる。

その美しさに見惚《みと》れかけたところで、獣じみた咆哮《ほうこう》が耳に届き、ハッと室内に視線を向けて。

落ち行く刹那見えたのは、こちらへと駆けてくるレゼルの姿だった。

「──サラッ！」

とめる間などなかった。

迷うことなく窓から身を躍らせたレゼルが手を伸ばしてくる。

サラは一瞬の躊躇《ためら》いの後、手を伸ばす。

巻きこんでしまってもうしわけなくて、けれど最期ならば、彼にふれていたくて。

けれど、届かなかった。

レゼルの首すじからあふれる鮮血が宙に舞いあがっていく。

広がるサラのドレスが風にはためき、二人の距離を縮めるが、それでもまだ手が届かない。

「レゼル……！」

必死に見つめあい、手を伸ばしながらもふれられない。

せめて最期は彼の腕の中で迎えたいのに。

――ダメなのね。

けれど、このまま二人で逝けるのなら、それだけでもいいのかもしれない。

最期に見るのが愛しい人の顔ならば、もう、それだけで。

そう思い、伸ばしていた手からフッと力を抜いたところで、サラを見つめるレゼルの目に怒りが燃え上がった。

「だからっ、何、諦めてるんだよ!?」

レゼルの目がギラリと輝きを増し、金色の瞳の中、黒々とした瞳孔がすぼまる。

そして――裂けるように縦に伸びた。

ハッとサラは息を呑む。そして、見た。

彼の首からあふれ、舞い上がっていった赤い滴が、ピタリと上昇をやめ、彼を追いかけるように下りてくるのを。

無数の滴が色を変えていく。夕暮れの空のように赤から藍、さらに深く艶《あで》やかな黒へと。

それが、ぶわりとレゼルを取り巻いて、次の瞬間。

まばゆい閃光《せんこう》がサラの視界を白く染めた。

「――っ」

思わず目をつむった刹那、腰のあたりに太い蔓《つる》のようなものが巻きついてくる。

耳を打つ、羽ばたきの音。ごう、と突風が髪を掻き乱す。

ガクンと身体が揺れて落下がとまり、ハッと目蓋をひらいて見えたのは艶やかな漆黒の鱗《うろこ》。

夜色の竜が、夜明けの空に翼を広げていた。

「……嘘《うそ》」

呆然《ぼうぜん》と呟く間に、サラをつかんだままの夜色の竜が中庭に舞い下りる。

そして、そっとサラを芝生の上に放すと、卵を温める親鳥のように翼で包みこんできた。

しなやかな首をもたげて、天を仰いだ竜が巨大なあぎとをひらく。

次の瞬間、翼を通してでも震えてしまうほど、強い怒りに満ちた咆哮――もしくは、竜としての彼の産声だったのかもしれない――が轟《とどろ》いた。

そろそろと翼の下から這《は》い出て視線を上げると、あの窓から身を乗り出し、愕然《がくぜん》と目をみひらくモネクやアロイスたちの姿が見えた。

「……なんだ、あの竜。陛下……ではないよな？」

誰かが呟く声に、ハッとそちらを振り向けば、中庭を囲む回廊から夜番の衛士《えいし》や、早出の文官や女官たちが目をみはってこちらを見ていた。

「陛下ではないようですが、竜ですわよね……？」

「ええ、竜ですわ！」

「いたんだ、皇家の生き残りが他に……どこかに一人くらいはいらっしゃると思っていた！」

「ああ、よかった！　これで血が途絶えずにすむ！」

口々に囁《ささや》き交わす人々の声が高まり、静かな興奮が混じっていって、やがて、レゼルに向かってひれ伏すようにその場に膝をつく。

その様子を見て、サラは、モネクやアロイスがあれほど執拗《しつよう》に、ベネディクトゥスの子を産ませようと望んだ理由がわかった気がした。

竜を崇め、竜が守るこの国は、それが消えた瞬間に揺らぎかねないほど竜に依存しているのだ。

――だからといって、すんなり許せるわけではないけれど……。

そう思ったとき、遠くから新たな咆哮が聞こえてきた。

ハッと振り仰げば、北の空から白い竜――ベネディクトゥスが飛んでくるのが見えた。

白い竜が中庭に舞い下りた瞬間、落ちたガラスが砕けるように鱗が飛びちり、光って消える。

その光の中から現れた人型のベネディクトゥスが、サラたちに向かって歩きだす。

「……ああ、この匂い。これだ。その娘についていたのは……そうか、その娘は君の番か！」

歓喜に瞳を輝かせ、声を弾ませながら、段々と足を速めて近付いてくる。

「彼女の匂いとよく似ている……君はあの人の子、私の子供なのだな！」

ベネディクトゥスの言葉に、人々の口から歓喜のどよめきが上がる。

その歓声に、サラを包む黒い翼が震えたかと思うと、ピシリとヒビが入り、閃光と共に砕けた。

光の中から現れたレゼルが、サラを素早く抱き寄せる。

「……レゼル」

その腕に身を委ねて彼を見上げ、あ、とサラは目をみはる。

乱れたシャツの襟から覗くレゼルの左の首すじ。

アロイスに裂かれたはずの場所には汚れも傷もなく、今までなかった深い赤色の鱗が、花びらを散らしたように三枚並んでいた。

それを目にしたベネディクトゥスが、愛おしそうに目を細める。

「ああ、君の鱗はコスモスアトロサンギネウスのような色だな。私は、ミオソティスに似た淡い青なのだ。ミオソティスは初めて私が彼女に、君の母に会ったとき――」

「寄るな」

始まりかけた思い出話を、レゼルの冷ややかな声が遮った。

こちらまで後数歩というところで立ちどまったベネディクトゥスの顔から、拭ったように笑みが消える。

サラはそっとレゼルの顔をうかがい、小さく息を呑む。

凜々《りり》しく整った横顔はひどく強《こわ》ばり、金色の瞳には青白い炎めいた怒りが燃えていた。

「あんた、サラに……『俺の番』とやらに何をしたか忘れたのか?」

低く問われ、ベネディクトゥスの瞳が激しく揺れる。

「あ……わ、私は……すまない、本当にすまない」

「サラのことだけじゃない。俺の母親、そう、『あんたの番』はあんたに捨てられて、しなくてもいい苦労をして早死にした。あんたを親だとは思わない。俺はあんたとは違う。サラを、自分の番を捨てないし離さない！」

最後の最後で激したように声を荒らげたレゼルに、ベネディクトゥスは耐えかねたように睫毛を伏せる。

「……違う、違うのだ」

「何が違う!?」

「捨ててなどいないっ！」

ベネディクトゥスは訴える。聞いているサラの胸が締めつけられるほど、悲痛な声で。

「あの人を、捨ててなどいない……居場所を整えて、迎えに行った。だが、もういなかったのだ。それからずっと、ずっと捜していた」

段々と声が小さくなっていき、やがてベネディクトゥスは膝をつき、頭を抱えて蹲《うずくま》った。

「あのとき、彼女と離れず、連れて帰ればよかった」

呟きに嗚咽《おえつ》が混じり、丸まった背が震え出す。

その様子を見ればわかった。本当のことを言っているのだと。

それは、レゼルも同じだったのだろう。

「今さら……おせえよ」

苦々しげに吐き捨てながらも、その声は、僅かに怒りが和らいでいた。

「ああ、そうだな……すまない。それでも……」

そっと顔を上げ、泣きぬれた金色の瞳にレゼルを映し、ベネディクトゥスは言った。

「君が生きていて、会えてよかった」と。

その言葉にレゼルは目を眇《すが》め、キュッと唇を引き結ぶ。

ベネディクトゥスを見下ろす金色の瞳には怒りや哀れみ、その他の複雑な感情が揺れている。

引き結んだ唇がひらいて、閉じて、再び引き結ばれる。

そのまま言葉をかけることなく、レゼルはスッとベネディクトゥスから顔を背けると、遠巻きに見つめる人々を一瞥《いちべつ》し、サラへと視線を向けた。

「……行くぞ、サラ」

サラは目をまたたかせて、それから、ニコリと微笑む。

「……はい、帰りましょう」

この様子ならば、サラを奪い返したからといって、レゼルが咎《とが》められることはないだろう。

レゼルの素性が明らかになった今、何もなかったように元通りとはいかないが、それでも逃げる必要だけはないはずだ。

サラの意図を汲《く》み取り、この先起こるであろう面倒事を想像したのだろう。

レゼルは一瞬眉をひそめた後、フッと頬をゆるめて頷いた。

「そうだな。ロニーたちを安心させてやらないといけないだろうし、帰ろうか、一緒に」

「はい！」

サラが頷くと同時に、レゼルが首すじの鱗に爪を立てる。

その動作にためらいはない。鳥が生まれながらに羽ばたき方を知っているように、目覚めた竜の本能が彼に教えたのだろう。

ぶわりと赤い滴が噴きだし、黒に染まったそれが二人を取りまき、まばゆい閃光が放たれる。

そして、再び竜と化したレゼルに連れられて、サラは空へと舞いあがった。

その姿を、ベネディクトゥスがハッと顔を上げて視線で追いかける。

涙で潤む目で見上げる、ひとりぼっちの竜が、みるみるうちに遠ざかっていく。

――私たちはまた会えたけれど……ベネディクトゥス陛下は……。

捜し求めたその人と、もう二度と会えないのだ。

その事実に胸が痛むのを感じながら、それでも愛しい人の腕に帰れた幸福を抱きしめるように、サラは自分を捕らえるかぎ爪にキュッとしがみついたのだった。

第八章 ✦ これが「番を見る目」ということなのかしら

ダシルヴァ邸の前庭に下りたってすぐ、いつかと同じように、サラはレゼルに抱えられたまま、屋敷に連れこまれた。

玄関をくぐるなり、ハッと振り向いたロニーと目が合う。

玄関ホールには他の使用人たちもそろっていて、それぞれの足元にはトランクが置いてあった。

きっと咎《とが》めが及ぶ前に、ロニーは他の使用人たちを逃がそうとしていたのだろう。

目をみはるロニーに、レゼルが「ただいま。皆、心配かけて悪かったな」と謝り、サラが「もう大丈夫です」と微笑《ほほえ》めば、ホッとしたように皆の表情がゆるむ。

けれど、レゼルが足をとめなかったため、それ以上言葉を交わすことはできなかった。

「お帰りなさいませ――ってどちらへ!?」

右から左へ首をめぐらせながらロニーが問えば、レゼルがチラリと振り返って答える。

「昼まで寝かせてくれ」

「いや、その目、絶対寝る気ないでしょう!?……って、はいはい。取り返したら、そうなりますよね！　どうぞごゆっくり！」

ロニーの苦笑まじりの声かけが、またたく間に遠ざかる。

「さあ、皆さん、私たちは私たちで無事を祝って飲みましょう！　どうせ置いていくつもりだったわけですし、ワイン庫の好きなものをあけていいですよ！」

レゼルに抱えられて階段を上がりながら、わあっと聞こえた歓声に、サラは「ああ、帰ってきたのね」と安堵《あんど》まじりの実感を覚えた。

＊　＊　＊

レゼルは階段を二段飛ばしに上がって、廊下を駆けぬけて。

やがて突きあたりの部屋の前で足をとめると、サラを両腕で抱えたまま、扉を蹴りあけるようにして室内へと入った。

——たった十日、いえ十一日ぶりなのに、もう懐かしいわ。

サラは目を細める。けれど、ゆっくり見回す間もなく、レゼルに抱えなおされた。

いつかと同じように、サラを抱えたレゼルはメダリオン柄の絨毯《じゆうたん》を踏みしめ、部屋の奥、深緋色《こきひ》の天蓋を戴《いただ》く寝台を目指して進んでいく。

いつかとは違い、サラの胸を高鳴らせるのは純粋な期待と甘い焦燥。

やがて寝台に辿《たど》りつき、白い敷き布の上に下ろされて、レゼルが覆いかぶさってくる。

「……っ」

ギシリと寝台が軋《きし》み、トンと彼が顔の横に手をついて、翳《かげ》る視界にサラは小さく息を呑《の》む。

ジッとこちらを見下ろす金の瞳は、ゾクリとするほどの熱量を湛《たた》えていた。

このまま見つめられていたら、その視線に焼かれてしまいそうだと思うほどに。

――きっと、確かめたいのね。

互いの存在を、誰にも奪われていないことを。サラも同じ気持ちだった。

「……サラ、昨日の分、抱いてもいいか？」

だから、レゼルの少しの遠慮とたっぷりの懇願をこめた問いかけに、迷わずに頷《うなず》いた。

「はい、お好きなだけ」

そう答えるやいなや、食らいつくような口付けが降ってきた。

唇を食《は》まれたかと思うとうなじをつかまれ、強く唇を押しつけられる。

呼吸すら奪うほど強く、二人の隙間など塞いでしまおうとするように。

頭蓋に食いこみそうなほどに強い、彼の指にこもる力から想《おも》いが伝わってきて、サラもレゼルの首に腕を回して想いを伝えるように引き寄せた。

「……はぁ、っ」

やがて息が限界に達して息継ぎのために離れたところで、サラは、あ、と目をまたたかせる。

――瞳孔が……。

こちらを見下ろす金色の瞳の中、つい昨日まで丸かったそれが、今は猫のように少しだけ縦長に変わっている。

ジッと見つめているとレゼル自身も気付いたのか、視線をそらして自分の目元にふれ、苦々しげに眉をひそめた。

「……あいつと同じような目になっているのか？」

「あ……はい」

サラが頷くと、レゼルは小さく舌打ちをひとつして、スッと目を細めると尋ねてくる。

「……どこ、さわられた？」

「え？」

「あいつに、どこをさわられた？」

問う声は脅しつけるように低く、けれど、その奥にふつふつと煮えたぎるような熱を感じて、サラは小さく身を震わせる。

「……手首だけです」

腕も肩も服ごしで、首すじの匂いを嗅がれはしたが肌にはふれられなかった。だから、手首だけ。

けれど、レゼルは納得がいかないようで「嘘《うそ》だろう？」と目を眇《すが》めた。

「サラみたいな、可愛《かわい》いの塊みたいな女さらっていって、手首だけってことあるか？」

ここに来た初めての朝に言われたのと同じような台詞《せりふ》に、サラは、つい頬がゆるみそうになる。

「笑うなよ。本気で心配して……いや、妬《や》いているのに」

「ごめんなさい。でも、本当ですわ。肌にふれられたのは、そこだけです」

「ふうん……確かめてもいいか？」

静かに問いながら、金色の瞳の中、ゆるゆると瞳孔がひらいていく。

猫ならば暗い所、あるいは獲物に狙いを定めるときにそうなるが、竜はどうなのだろう。

「……はい、どうぞ。お気のすむまで」

コクンと喉を鳴らして、サラが答えるなり、口付けられた。

唇を舌でなぞられ、あけろというように突《つつ》かれてひらくと、するりと舌が潜りこんできて、口内をぐちゅりと一巡り荒らして去っていく。

あ、と名残惜しさに吐息をもらせば、その息の上がってきた場所、喉元に口付けられた。

狼《おおかみ》の求愛のように喉に歯を立て、チロリと舐《な》められて、首すじへと舌を這《は》わされる。

くすぐったさにも似たゾクゾクとした淡い快感と、その先への期待にサラの息が乱れていく。

「ん、レゼル……っ、ぁ」

鎖骨を甘嚙《あまが》みされ、ピクリと身じろいだところでレゼルの手がドレスの胸元にかかった。

――そういえば、ドレスを脱がされるのは初めてね。

着るのを手伝ってもらったことはあるので、構造自体は知っているはずだが、逆は勝手が違うのだろう。

とにかくはだけられそうなところからはだけられ、脱がせるというよりも引き剝がすようにして、サラの身体《からだ》を覆う布が取り去られていく。

急《せ》いた手付きで、一枚また一枚と服を奪われるほどに、鼓動が高鳴っていった。

すべてを取り去られたところで、満足げにレゼルが息をつく。

それから、上から下まで、じっくりとサラの肢体をながめていって。

それが終わると、またひとつ、先ほどよりもジワリと熱のこもった溜《た》め息《いき》をこぼした。

「……痕とかは、ついてなさそうだな」

「……ご納得いただけましたか？」

「納得は、な」

含みを持った、挑むような誘うような声音で言われて、サラは小さく喉を鳴らす。

「……納得は、ですか？」

「ああ。満足は、まだできてない」

スッと目を細めて言うなり、彼が再び覆いかぶさってくる。

唇を食まれて、ん、とサラが喉を鳴らしたところで、甘えるように鼻先を鼻先にすりつけられ、囁《ささや》かれた。

「……言ってくれ」

「ん、何を？」

「誰が好きか」

「あなたです」

サラはすぐさま答えたが、不正解、というように唇を甘噛みされ、あらためて問われる。

「誰が、好きだ？」

「っ、レゼルが、好きです」

今度は正解だったようで、景品がわりの深く甘い口付けが与えられる。

「……ん、もう一回」

たっぷりと舌を絡めあった後、いつかと同じくねだられる。

いつかよりもずっと熱く、滾《たぎ》るようなまなざしと焦がれるような口調で。

「レゼルが好きです」

「俺も好きだ。サラが」

この世で最も確かなことを語るように、レゼルが囁く。

「ぜんぶ、あんただけだ。ふれたいと思うのも、ふれてほしいと思うのも。愛したいのも、愛されたいのも。あんただけが好きで、ぜんぶが愛《いと》しくて、ぜんぶが欲しい」

初めて彼を鎮めたときと似たようで、もっと深く強い、揺るぎない想いをこめた言葉を。

「っ、私もレゼルだけ……あなただけです。あなただけが好きで、愛しくて、ぜんぶをあげたい」

「……言ったな？」

キュッと目を細めたレゼルに食らいつくように口付けられて、瞳でねだられる。

「ん、好きです」

「もっと、いや、そのままずっと言っててくれ」

それから何度も何度も唇を重ねて、息継ぎのたびに告白をして、されて、とくりかえした。

ときおり感極まったように口付けが荒々しさを増し、息をするので精一杯になることもあったが、そのたびに「やめていいって言ってないぞ」と叱られてしまう。

「あ、ごめんなさっ、好き――」

「俺も好きだ」

「んんっ」

告白の最中に唇を塞がれることもしばしばで、さりとて抗議をする余裕もなくて……。

ようやく彼が身を起こしたときには、すっかりサラの息は上がっていた。

「……まだだ。続けてくれ」

短く命じながら、じりりと後退《あとずさ》ったレゼルが身をかがめる。

ふるりと揺れた乳房を両手で下から持ち上げるようにつかまれて、彼が何をしようとしているのか察し、サラは小さく喉を鳴らしつつ、彼の要望に従う。

「好きです……ぁあっ」

右胸の先にしゃぶりつかれて、声が上ずる。

左の胸の先は指で摘《つ》まれ、コリコリと転がされて、二つの異なる刺激に、サラはたちまち乱されていった。

「んっ、す、好きっ、ぁ、んんっ」

ふれられてもいない下腹部にまで熱が飛び火し、甘い疼《うず》きが高まっていく。

不意に空いている方の手でスルリと腹を撫《な》で下ろされて、サラはビクリと身を震わせる。

彼の手が向かう先、長い指がどこに潜りこもうとしているのか察してしまって。

「待って――」

これ以上の強い刺激を与えられたら、まともな言葉を話せなくなってしまう。

制止の声をかけようとしたところで、カリリと胸の先を甘噛みされる。

走る甘い痺《しび》れに気がそれた瞬間、脚の間でも快感が響いた。

「んっ」

割れ目をなぞられ、すでに潤んでいた蜜をすくって、トロリと花芯に塗りつけられる。

そのまま包皮を剝《む》きあげられ、剝きだしになった薔薇《ば ら》色の芽を、すっかり慣れた手つきで捏《こ》ねられだして、サラは堪《たま》らず蕩《とろ》けた弱音を吐く。

「ダメ、レゼル、一緒は……っ」

「どうして?」

「気持ちよすぎて、好きって言えなくなっちゃ――ぁぁっ」

蜜口に指を捩《ね》じこまれ、一気に高まる刺激に甘い悲鳴がこぼれる。

そのまま、ぐちぐちと抜き差しされつつ、親指の腹で花芯を揺さぶられて。

二倍から三倍に増えてしまった快感に、サラが瞳を潤ませながら、「どうして?」と問うようにレゼルを見ると、レゼルはうっとりと目を細めて見つめ返してきた。

「……涙目で睨《にら》まれるのもいいいな。なんか、クルわ」

「っ、レゼル」

さすがにそれはひどいと潤む瞳で訴えると、ピタリと手をとめて謝られた。

「悪い。でも、サラも悪いからな」

「え?」

「あんな可愛いこと言われたら、とめられるわけないって」

「そんな……」

「悪い悪い。本当にごめん。それで……好きだって、もう言ってくれないのか？　まだ言えそうなら、言ってほしいんだが？」

悪戯《いたずら》っぽい微笑みで煽《あお》るようにねだられて、サラは、む、と眉を寄せつつ、それでも、ポツリと口にした。

「好きです」

「うん、俺も好きだ」

応えながら、レゼルはとまっていた手を動かしだす。

「っ、ぁ、好きです……っ」

「俺も、サラが好き、大好きだ」

笑みを深めてやさしく返しつつも、レゼルの指は容赦なくサラを責めたてていく。

すっかりしこった胸の先をきゅむきゅむと摘まれ、戯れにひねられて、脚の間は脚の間で、耳を塞ぎたくなるような水音を立てながら嬲《なぶ》られる。

「私も、っ、ふ、好きですっ、んんっ」

まっすぐに見つめあいながら、交わす愛の言葉に交じる水音が高まるほどに、サラの言葉がもつれていく。

「ぁ、ふ、す、好きでっ、ぁ、ふぅ、んんっ」

「俺も好きだ……ホント、えぐいくらい可愛いな」

レゼルは興奮を逃すように、はあ、と息を吐くと、サラの顔を覗《のぞ》きこむように身を乗りだす。

そして、うっとりと目を細めて囁いた。

「……もうちょっとだけ、頑張ってみてくれ」

その言葉を合図に、一気にサラを乱す指の動きが激しくなる。

みるみるうちに快感が高まり、下腹部の疼きが増して、快感がふくれ上がっていく。

「あぁっ、やっ、ダメ、ダメぇっ」

「サラ、頼む」

キュッとつむった目蓋の向こうで、レゼルが熱のこもった声でねだってくる。一切、動きをゆるめることなく。こんなことをされて言えるはずがない。

それでも、サラは愛しい人の懇願に応えようと、もつれる舌を動かし、声を絞りだす。

「っ、ぅう、すっ、好きっ、好き、っああ、好きぃ」

「ああ、これは……確かにダメだな」

「好き、す――んんっ」

レゼルはポツリと呟《つぶや》いたかと思うと、必死に愛の言葉を紡ぐサラの口を、自分のそれで塞ぎにかかった。

「～っ、ふ、んんぅ」

くちゅりと舌が絡んで、刺激が四つに増えた瞬間、溜まりに溜まった快感が弾《はじ》けた。

サラは重ねた唇の隙間から喘《あえ》ぎと吐息をあふれさせ、身を震わせる。

甘い熱がつま先から頭の天辺《てっぺん》まで吹き抜けていった。

「っ、……はぁ、はぁ」

敷き布に身を沈めたところで、頬を撫でられ、閉じていた目蓋をひらく。

そっと見上げて合ったレゼルの瞳は鎮まるどころか、いっそう熱を増していた。

「……本当に、ダメだ」

「え……？」

「可愛すぎて、好きだとか通りこして、もう食らいたい」

トロリと目を細めながら抱きしめられて、下腹部にめりこむほどの強さで昂《たか》ぶりを押しつけられ、サラの鼓動が跳ねる。

幾枚もの布を挟んでいても伝わってくるほど、それは熱く滾っていた。

――こんなに……。

求めてくれているのだと思うと、きゅんと胎のあたりが疼いて、ふるりと身体が震えた。

「……どうぞ」

囁くように答えながら、サラはおずおずと脚をひらいていく。

恥ずかしいという気持ちはあったが、すぐにでも、もう食らわれたくて。

ひらききったところで膝を曲げて、彼を迎え入れるようにそっとももの内側に手を添える。

その様子を食い入るように、視線で食らうように、息さえとめてながめていたレゼルは、はあ、と大きく息をつくとトラウザーズの前立てに手をかけた。

「……可愛いのはいいんだが」

ボタンを外し、前をくつろげる指は興奮のあまりか、それともそれを必死に抑えようとしているのか、微《かす》かに震えている。

「いつか本当に食らいそうで怖いから、ほどほどにしてくれ」

低く囁きながら、跳ね上がるように飛びだしたものをつかんで引き下げ、サラが差しだした場所へと当てがってくる。

くちゅりと押しつけられたそれは火傷《やけど》しそうなほどに熱く、硬く昂ぶっていた。

「……ぁ、ぁ、ふ……ぅっ」

ゆっくりゆっくりとやわい襞《ひだ》を掻《か》き分け、押しひろげて、彼の熱がサラの中に潜りこんでくる。

圧倒的な質量がもたらす圧迫感に息を喘がせると、そっと頬を撫でられた。

「……サラ、大丈夫か？」

レゼルを受け入れるのは、今日でまだ二回目だ。

だから、心配してくれているのだろう。

問う彼の口調はやさしい。けれど、その息遣いはひどく荒々しい。

本当はすぐにでも叩《たた》きこみたいのを、必死に堪《こら》えてくれているに違いない。

そう思ったら、キュンと胸が高鳴って、自然と彼のものを締めつけてしまった。

「ん、そこで返事するなよ」

心地よさそうに目を細め、からかうように言われて、サラはジワリと頬が熱くなる。

「ごめんなさい……っ」

「いや、これはこれで美味《おい》しい。それで、大丈夫ってことでいいんだよな？」

「……はい」

サラは羞恥を堪えて、頷いた。

「大丈夫ですから……レゼルの好きにしてください」

「……そっか。じゃあ、甘えさせてもらう」

一呼吸の間を置いて、レゼルがポツリと答えた。

「正直、ちょっと限界だから」

そう続けるなり、するりとサラの両脚を抱えこみ、覆いかぶさってくる。

「っ、ぁあっ」

背の半ばまで浮き上がって抉《えぐ》られる角度が変わり、サラは甘い悲鳴を上げた。

そのままグッと腰を押しつけられると、奥の奥、本当にこんなところまで入って良いのかと不安になるほどの深みに、彼の切先がめりこんでくる。

そのままサラの反応を確かめるように揺すられれば、身体の奥底から怖いほどの甘い痺れが広がっていく。

——ほとんど、動いていないのに。

ふ、ふ、と息が乱れ、ジワリと汗が滲《にじ》みはじめる。

「……さすが、俺のサラ。呑みこみがいいな」

喉を鳴らすようにレゼルが笑い、ポタリと一滴の汗が落ちてきて、サラの肌で弾ける。

「このまま、奥だけでもいけるようになろうな？」

「え？　っ、ぁあっ」

どういう意味かと問うよりも早く、本格的な律動が始まった。

大きく引き抜いて、ずぷんと叩きつけられて、胎に響く衝撃でつま先が跳ねる。

それは少しの鈍い痛みもあったが、ゾクリとするような快感もあった。

くりかえされるうちに痛みは鳴りをひそめ、快感の比重が高まり、ふくれ上がっていく。

「ぁっ、ぁあっ、ふ、ぅ、ぅうっ」

不意に奥まで突き刺され、ぐりぐりと腰を押しつけられて、下腹部に広がる鈍く重たい快感に、サラの喉から甘い呻《うめ》きがこぼれる。

「……そういう顔も可愛いな」

呟く声が聞こえるが、いったいサラはどんな顔をしているのだろう。

尋ねようと口をひらいたところで、腰をつかまれ、小刻みな抜き差しへと切り替えられた。

「っ、あ、ぁあっ、あ、やっ」

先ほどまでの抜き差しでは、入り口の辺りから奥深くまでまんべんなく刺激されていたが、今は奥だけ。それだけでも、ゾクゾクするほど心地がいい。

これまでで一番の深い絶頂の予感がせりあがってくるのに、サラは、ふるりと身を震わせる。

はしたないほどの締めつけから、サラの昂ぶりをレゼルも感じているのだろう。

薄目をひらいて見えた彼はひどく嬉《うれ》しそうで、どこか獰猛《どうもう》な笑みを浮かべていた。まるで獲物を貪る獣のようだ。

けれども、獣はこれほど熱く甘いまなざしで獲物を見たりはしないだろう。

――これが「番《つがい》を見る目」ということなのかしら。

この世にたった一人の運命の相手に向けるまなざし。

そう思った瞬間、いっそう強く彼を締めつけてしまう。

途端、ん、とレゼルが心地よさそうに目を眇めて、熱っぽく問われる。

「今のは、おねだりだと思っていいよな？」

「ちが――んんっ」

答えようとひらいた唇を塞がれ、いっそう強まる律動にサラは声にならない甘鳴《かんめい》を上げる。

身体の奥からこみあげ、ふくれ上がる快感に頭の芯が蕩けだす。

水音と肌を打ちつけあう音が遠くに聞こえて、抜き差しのたびにかきだされ、あふれる蜜が尻を伝い、敷き布に染み入っていく。

こんなに濡《ぬ》らしてしまってと、いつもなら恥ずかしく思うが、今はそんなことを感じる余裕などなかった。

「ふっ、ふ、ぁ、ぁあ、～～っ」

あともう一押しか二押しで、高まりきった快感が弾ける。

そんなとき、ふっと口付けがほどけて、え、とサラが睫毛《まつげ》を上げると輝く金の目と目が合う。

「……サラ」

「っ、は、はいっ」

「このままで、いいか？」

「え？」

何がこのままなのか。目をまたたかせたサラの耳に届いたのは——。

「このまま、サラの中に出したい」

爛《ただ》れるほどに甘く、ゾクリとするほどの熱に満ちた「お願い」だった。

言葉よりも先に、サラの身体が答える。咥《くわ》えこんだ彼の雄を促すように締めつけることで。

けれど、レゼルは眉をひそめ、ぐ、と堪えて囁いてくる。

「それもいいが、言葉でも頼む。聞きたいんだ」

言ってくれ——焦げつきそうに熱いまなざしでねだられ、サラは、ふ、と唇をつぐみ、ひらいて、
彼の望む言葉を返していた。

「っ、はい。そのままでかまいませんっ」

嫁入り前の貴族の娘に、あるまじき願いなのはわかっている。

それでもレゼルが望むのなら、いや、サラだってそうしてほしくて。

レゼルの腰に脚をからめて、精一杯甘く、ねだり返した。

「そのまま、出してください……！」

彼からの返事はなかった。代わりに与えられたのは息がとまるほどの口付け。

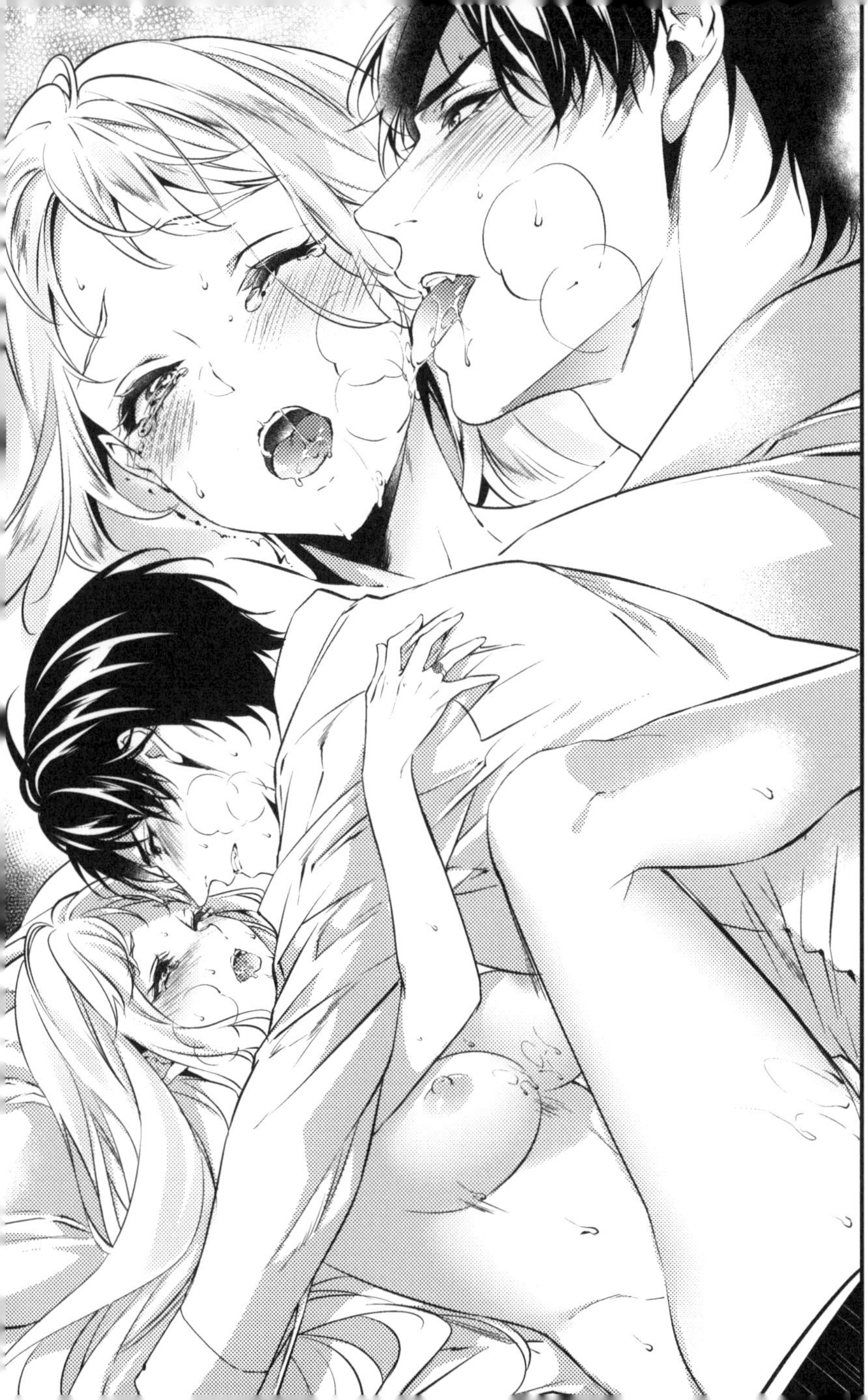

ゆるやかになっていた律動が再び激しさを増していく。

落ちつきかけていた身体の熱がぶり返し、またたく間に高まっていって——。

「っ、ふ、〜〜っ」

先に果てたのはサラだった。

快感が弾け、ぶわりと髪が逆立つ錯覚を起こすほどの、甘く熱い何かが全身を満たし、吹き抜けていく。

それに誘われるようにレゼルが小さく呻きをこぼして。

「っ、ぁああっ」

「——っ」

強く腰を突きだされ、最奥を抉られ、またひとつ高みに飛ばされた瞬間。

低い呻きが耳をくすぐって、レゼルの雄が跳ね上がり、サラを彼の熱で満たしていった。

＊＊＊

レゼルと愛を確かめあった後、トロトロとまどろんでいた昼下がり。

不意に使用人たちの悲鳴が聞こえて、慌ててシュミーズとガウンをまとい、レゼルと下りていくと、白い竜が玄関扉から頭を突きだしていた。

「どうしても話がしたく……いや、あらためて謝りたくて来てしまった」

玄関ホールからサロンに移り、人型に戻ったベネディクトゥスが目を伏せながら言う。

「君たちを傷付けた者たちは、きちんと『処分』した」

「処分……？」

「ああ、二度と、君たちを煩わせることはない」

自らの腕に爪を立てて暗い声で呟く。

その仕草が、モネクやアロイスに下した「処分」を示しているようで、サラはゾクリと背すじが冷たくなるのを感じた。

それでも、あの塔でレゼルがされたことを思えば、そして、そうなった原因でもあるベネディクトゥスの悲痛に歪《ゆが》んだ顔を見れば、自ら手を下した彼の決断を責める気にもなれなかった。

「元はといえば私のせいだが……」

あの中庭で話をしたときは、まだ月が西の空に残っていた。

夜が明けきり日が昇って、完全に正気を取りもどしたらしいベネディクトゥスの顔色は、もはや白を通りこして青褪《あおざ》めている。

「……謝っても謝りきれないのは、わかっている」

番は自分に捨てられたと思って逃げだし、苦労の末に早世した。

その上、番ではない者を番と間違えたばかりか、それが我が子の番だった。

あげく、自分のその行動のせいで自分を崇《あが》める者たちが、その子の命を奪おうとした。

竜でないサラでさえ、ひどいと思うのだ。

ベネディクトゥスにとって、それはどれほどの大罪になるのだろう。

「……本当に、もうしわけないことをした」

そう言って、ベネディクトゥスはサラに向かって深々と頭を垂れた。

サラは真相を知った今、あの中庭で頭を抱えて蹲《うずくま》る哀れな姿を見た今となっては、彼自身を憎む気持ちは残っていなかったので、ゆるりと首を横に振って答えた。

「いえ、ご事情がご事情ですので……どうかお顔をお上げください」

「……ありがとう」

「やさしすぎないか、サラ？」

不満げに眉をひそめるレゼルに、サラはなだめるように微笑みかける。

「とても怖かったですが……結果としては、あなたとの愛を確かめられましたから」

「それはまあ……そうかもしれないが」

まんざらでもなさそうにレゼルが答えたところで、ベネディクトゥスが彼に呼びかけた。

「レゼル」

「勝手に呼ぶな」

「どうか、頼む。一度だけでも、話をさせてくれ！」

悲痛な声を振り絞り、先ほどと同様に頭を垂れるベネディクトゥスを、レゼルは険しいまなざしで見すえる。

サラは少し迷った後、レゼルの腕に手をかけて、いつか彼がしてくれたようにやさしく撫でた。

「っ、サラ、俺は……」

「……許したくなければ、許す必要はありませんわ」

「え？」

「ですが、お母様のためにも、聞いてさしあげてください」

一瞬でも愛されていると信じて、すべてを捧《ささ》げた相手の本心を。

「……私だったら、知りたいですから。どうか一度だけでも、お二人できちんと話をしてみてください」

レゼルはグッと眉をひそめてサラの顔を見つめていたが、やがて、小さく溜め息をついて表情をゆるめた。

「……わかった。サラがそう言うなら、きっとそうするべきなんだろう」

そう言って、もうひとつだけ溜め息をついてから、ベネディクトゥスに視線を戻して告げた。

「一度だけだからな」

「ああ、それでもかまわない！」

ベネディクトゥスが瞳を滲ませて頷くと、レゼルはついてこいというように歩きだす。

そして、サロンの奥の応接室に消えていく二人を、サラは静かに見送ったのだった。

半時間ほどで出てきたベネディクトゥスは、泣きすぎて目の下がひどいことになっていた。

けれど、その瞳に灯《とも》る悲痛な色は少しだけ和らいでいた。

レゼルは眉間に皺《しわ》を寄せて、こちらもひどい形相になっていたが、どこかスッキリしたようにも見えた。

ベネディクトゥスが前庭から飛び立っていった後。

それを玄関扉にもたれかかって見送ったレゼルは、傍らのサラにポツリとこぼした。

「……あいつ、ずっと帝国内にいると思っていたらしい」

「え？　お母様がですか？」

「ああ。ほら、うちの母親、帝国を出るときに男の格好をしてたって言っただろう？　男の格好で名前も違うのを名乗ってたから、国外に出た記録が残ってなかったみたいだ」

だから、必死に国内を捜していたということか。

「では、国外を捜すようになったのは……」

どうしてなのかと口にしかけて、ハッと気付く。

月の傍らを飛ぶ竜を見かけるようになったのは、六年、いや、七年前。つまり。

「……竜は、番が死ぬとわかるらしい」

やはり、とサラは目を伏せる。

見つからぬまま番を失い、それでも諦めきれずに捜索範囲を広げていたということだろう。

「ずっと捜していたからって、今さらなんだ、って話だが……少なくとも、あいつがうちの母親を捨てたわけでも、騙《だま》したわけでもないってことだけは……信じてやろうと思う」

「それは……よかったですわ」

たとえ今さらだとしても、レゼルも母親も、父親に、最初で最後の恋人に、心から愛されていたのだとわかって。

「まあ、そうだな……それで、あいつの話を聞いて思いだしたことがあって……」

「思いだしたこと？」

首を傾《かし》げるサラに、レゼルは微かに眉を寄せて頷く。

「ああ。あの中庭で、ミオソティスがどうのって言っていただろう？　うちの母親と初めて会ったときに云々《うんぬん》って」

「ミオソティス……勿忘草《わすれなぐさ》のことですわね」

風に揺れる、青く可憐《かれん》な野の花。

その花言葉は「私を忘れないで」と「真実の愛」。

「さすが、サラ」

サラの説明に、レゼルはニコリと笑って答えると、「やっぱりそうか」と小さく溜め息をこぼし、睫毛を伏せた。

「……うちの母親の日記に、押し花が挟まってたんだ。青くて小さい……たぶん、勿忘草だ」

「え？」

「だから、もしかしたら……ちょっとくらい、心の奥底では、あいつのこと……」

信じていた、それとも愛していたのか。

「……いや、なんでもない」

ためらった末に、その先を口にすることなく、ゆるりと首を振った彼の表情は、少し悲しげで、少しだけ喜んでいるようにも見えた。

二度と会えなかったとしても、母親が一度は信じた相手を想い、想われていられたことを。

「……お母様に、ご報告に行きましょう」

サラは頬をゆるめて、そっとレゼルの腕に手をかけ、やさしく囁いた。

その手を取って、レゼルが微笑む。

「ああ。一緒に行ってくれるか？」

「はい、もちろん！」

彼の手をしっかりと握り返して、頷いて――。


そんな感動的な場面から、わずか数時間後。

オネソイル家と王宮に顔を出してから墓地に赴くと、誰かから場所を聞いたのだろう。

レゼルの母の墓碑にしがみついて号泣するベネディクトゥスの姿があって。

「骨になるまでここにいる！」と訴える彼を、感慨も憂いも吹き飛んだレゼルが「帰れ！」と引き剝がすことになるのだった。

# エピローグ ✦ あなたの妻でありさえすれば

星見の会から二カ月が過ぎ、庭の木々が金色に染まって、朝晩に冬の気配を感じはじめるころ。

ダシルヴァ邸の私室、窓辺のテーブルでレゼルと向かいあったサラは、紙とペンを手にして幸福な悲鳴を上げていた。

「……これほど多いと、お返事が追いつきませんわね！」

決して狭くはないテーブルの上は、手紙と贈り物の小箱で埋まっている。

大きな贈り物も数え切れないほど——いや、きちんと数えてリストアップしているが——送られてきている。

一カ月半前、レゼルの勲章授与式で予定通りに婚約が発表されてからというもの、毎日、祝いの贈り物と手紙が届けられていた。

それに拍車がかかったのは、一カ月前。

受勲と婚約に、もうひとつのお祝い事が加わって、お返しが追いつかないほどの量が届くようになってしまい、空いていた客室をひとつ、それ用にしたくらいだ。

その中には母やエリック、それに国王や父からのものもある。

二カ月前のあの夜。

サラを取り返しに行くと決めたレゼルに、国王と父は協力を申し出てくれていたのだ。

民を守るため帝国と真っ向からやりあうことはできないが、二人が無事に逃れて、幸せになれるように全力を尽くすと。

ダシルヴァ邸の使用人たちも王宮で保護される予定だったらしい。

あの翌朝、レゼルと王宮に向かいながらそれを聞いて、サラは温かな気持ちになったものだ。

「……確かに、リストアップするだけでも一苦労だな」

こういった事務仕事が苦手らしいレゼルは、そうぼやきながらも、せっせと手元の紙に贈り主の名と品目と「宛名」を書きつけている。

その様子を見ていたサラは、ふと頬をゆるめた。

——あ、また、しかめっつら。

レゼルの表情を見れば、どのような「宛名」で送られてきたのかわかってしまう。

ある特定の宛名のときだけ、グッと眉間に皺《しわ》が寄り、なんとも嫌そうな顔になるから。

今日の彼は王宮に用事があったため、いつもよりも華やかな礼装仕様の騎士服をまとっているのだが、その凜々《りり》しい姿と子供のような仏頂面の対比が、なんとも微笑《ほほえ》ましい。

——まだ二カ月ですもの、そう簡単には受け入れられないわよね。

もっとも、その「宛名になった」ことで多忙さに拍車がかかり、サラと過ごす時間が減ったことも不機嫌の一因になっていそうだが……。

今日も朝から、国王を交えてのいくつかの「顔合わせ」があったため、王宮に行ってきたのだ。

——お疲れでしょうに、こうして手伝ってくださってありがたいわ。

そんな風に感謝しつつ、作業に戻ろうとしたところで、ノックの音が響いた。

「……失礼いたします」

入ってきたのはロニーで、その後ろから従僕が二人付いてくる。

従僕の一人がトルソーを、もう一人が一抱えほどの衣装箱を運んできたのを見て、サラは思わず立ち上がった。

「まあ、もう届いたのですか？」

尋ねる声が弾む。近々、婚礼の衣装の本仮縫いが届く予定だったのだ。

「はい！　少しでも早くサラ様にお届けしたいと、お針子たちが頑張ってくれましたよ！」

ロニーが嬉《うれ》しそうに答える。

「それは、ありがたいことですわね。本当に、お世話になって……」

ドレスを頼んだ仕立て屋は、ヘンリーの企てに協力した店と同じだが、店主は替わった。

サラを助けるために証言をしてくれたお針子が、新たにその座に就いたのだ。

御礼《おれい》も兼ねての注文だったが、従僕がトルソーにかけたドレスを目にした瞬間、サラは「頼んで良かった」と心から思った。

「……へえ、きれいだな」

感激に言葉を失うサラの傍らで、レゼルが感心したように呟《つぶや》く。

「ええ、本当に……！」

頷《うなず》きながら、そうっと手を伸ばしてふれた純白の絹の地は、うっとりするほど滑らかで、艶やかな光沢を放っている。

瀟洒《しようしや》なレースで縁どられた襟元は、鎖骨と肩が見える程度に品よく、ゆるく弧を描いてひらき、そこから、ふんわりと肘に向かってふくらんだ袖が愛らしい。

ピッタリとした上半身に対して、大きく広がったスカート部分には金糸と銀糸の刺繡《ししゆう》で、二人が出会った春の夜空をイメージした満天の星々が細やかに描かれている。

少し離れてみると、きらきらしい輝きを放つ白いドレスに見えるが、近付くと精緻な刺繡の妙がわかるという繊細な造りになっているのだ。

――もう直すところなんてないくらい、本当にすてき！

いっそ今すぐこれを着て、レゼルと聖堂に行きたいくらいだ。

けれど、調整して今以上に美しくなるのなら、ぜひともそうしてほしいという気持ちもあった。

「……あら、でも、お店の方は？」

「十分後にいらっしゃいますよ。まずは着心地を確かめていただきたいとのことです！」

「そうなのですね」

ニコリとロニーに言われて、サラも笑顔を返す。

「では、合わせるアクセサリーを取ってきますわ」

「……いえ、実は、そちらもご用意がございます」

なぜかロニーは満面の笑みから苦笑いに変わると、懐から取りだしたビロードのケースをあけ、中身をトルソーの首にかけた。

「え、これは……？」

それは大粒のダイヤモンドを、小粒のダイヤモンドとイエローダイヤモンドで囲った、星をモチーフとしたような意匠の宝石が連なる、ビブネックレスだった。

真ん中に向かうにつれて宝石が大きくなり、中心のダイヤモンドにいたっては大粒の葡萄《ぶどう》ほどの大きさがある。

レゼルから贈られた指輪と相性が良さそうだが、試着用としては、あまりにも豪華すぎる。

「……ロニー、断れって言っただろう」

戸惑うサラの耳に、うんざりしたようなレゼルの声が届いて。

「竜帝陛下の涙ながらのお願いを、一介の執事が断れるはずないでしょうが」

呆《あき》れたようにロニーが答えた。

「リドゥエル皇家に代々伝わるものだとか。サラ様の指輪とぴったりですし、使ってさしあげればよろしいのでは？　もう、跡を継ぐとお決めになったわけですし」

その言葉に、レゼルの眉間にグッと皺が寄り、なんとも嫌そうな顔になる。

それは、先ほど特定の宛名——「レゼル皇太子殿下」の名を見たときと同じ表情だった。

あの後、己の所業を深く悔いたベネディクトゥスは「息子に跡を譲り、番《つがい》の墓守《はかも》りをして生きていく」と大々的に宣言したのだ。

相談もなしにそのようなことをされて、当然、レゼルは「誰が継ぐか！」と激怒した。

「竜ってやつは、お貴族様以上に身勝手が過ぎる！」と言って。

それでも、ベネディクトゥスが毎日のように竜の姿で飛んできて、レゼルの母の墓の前で朝から晩まで泣くものだから、その姿が評判になってしまって……。

「あまりにも哀れだ」という周囲の声に押し負ける形で、レゼルは渋々ながら、新たな竜帝となることを決めたのだった。

それが一カ月前のこと。

彼が竜帝の座に就くことに異を唱える者はいなかった。

あの夜、彼が見せた勇壮な姿が、何よりの証《あかし》となったから。

帝位を継ぐからには、いずれ帝国に移住しなくてはならないので、屋敷の使用人たちには、ここに留《とど》まるか帝国についていきたいかを確認し、それぞれの希望に従うことにした。

家庭の事情などで国を離れられない者を除いて、ほとんどがレゼルのそばにいることを望んだ。

ロニーなどは「まさか置いていくおつもりだったのですか？」と呆れたように言っていた。

それを踏まえて、この屋敷をどうするか話し合った結果。

今後は黒鉄《くろがね》騎士団の療養所として使い、国に残る使用人は引き続きここで働くこととなった。

――レゼルの望み通り、黒騎士たちの居場所が増えた形になるわね。

黒鉄騎士団の今後はというと、しばらくはレゼルが団長のまま引き継ぎをし、いくつかある部隊の部隊長の中から団長を選ぶ予定だ。

ちなみに、ヘンリーが率いていた白金《しろがね》騎士団はどうなったかといえば、黒鉄騎士団の典礼部隊として組みこまれることとなった。

その結果、双方で人材の行き来が生まれたのだが、これが意外なことに白騎士にも好評だった。貴族に生まれて白金騎士団に入ったものの、「本当はお飾りの騎士などではなく、本物の騎士になりたかったのです！」と気合い充分な若者もいるようで、騎士団の未来は明るそうだ。


「……そうだな、仕方ない。それにサラには、これくらい上等なものの方が似合うだろう」

レゼルは、はあ、と深い溜《た》め息《いき》をつくと、「さようでございますね」とすまし顔で答えたロニーに告げた。

「ということで、出ていけ」

「はいはい。見せたくないし、一番に見たいのですよね。婚礼の日に拝見するのを心より楽しみにしております」

笑いながらロニーと従僕たちが出ていった後。

サラは「お店の方が十分後に来ると言っていたのは、そういう理由だったのね」と納得しつつ、レゼルの手を借りてドレスに袖を通した。

「……これはまずいな」

ドレスをまとったサラを食い入るように見つめながら、レゼルは言った。

「可愛《かわい》すぎるとは思っていたが、きれいすぎるまで加わったら、もう誰にも見せたくなくなる」

「ふふ、もう！」

サラは思わず噴き出して、それから、ニコリと微笑んだ。

「……ですが、私は見ていただきたいです。あなたの花嫁になれた姿を」

皆に見せて、祝福されたい。

「そうか……まあ、そうだな。あんたが俺の花嫁だって、皆に見せつけてやれる良い機会だと思うことにする」

「ありがとうございます」

クスクスと笑うサラの頬に手を添えて、レゼルがポツリと呟く。

「本当にきれいだ……うちの母親にも見せてやりたかったな。『そんなにガサツだと、誰もお嫁に来てくれないよ！』なんて言ってたから……こんなに可愛くてきれいで最高の嫁さんが来てくれたぞって、自慢してやりたかった」

軽口めいた口調だったが、金色の瞳には仄《ほの》かな悲しみと寂しさが揺れていて、サラはキュッと胸が締めつけられるような心地になる。

「……では、後で見せに行きましょうか？」

レゼルの手に手を重ね、あえて明るく笑って尋ねると、レゼルはパチリと目をみはり、それから、キュッと目を細めて微笑んだ。

「そうしたいところだが、やめておこう。……絶対、あいつがいるから。あいつには、まだ見せてやりたくない。婚礼の一回で充分だ」

いかにも嫌そうに顔をしかめて言うレゼルに、サラは、ふふ、と頬をゆるめる。

「確かに、絶対にいらっしゃるでしょうね」

「ああ。本当に、毎日朝から晩まで、どれだけ暇なんだか。というより、仕事しろよな」

そんな風にぼやきながらも、そのまなざしにも口調にも、以前のような激しい怒りの色はない。

母親の墓に通い続けるベネディクトゥスの姿を見て、思うところがあったのだろう。

「……それだけ、お母様のことを愛してらっしゃるのでしょう」

「そんなの今さらだ」

溜め息をつきながらも、レゼルは「でもまあ」と続けた。

「愛しているのは確かなんだろうな。だから、ちょっとくらいなら、思い出話とか聞かせてやってもいいかもしれないとか、思っているんだが……どう思う？」

意外な言葉にサラはパチリと目をみはり、それからパッと微笑んだ。

「いい考えだと思いますわ！」

「そうか」

「はい！」

微笑みあったところで、不意にレゼルが真剣な表情になる。

「……サラ、俺はずっと『お貴族様』ってやつが嫌いだった」

自分の母親を弄び、捨てた相手だと思っていたから。

「でも、あんたみたいに、きちんとしている貴族もいるんだとわかって、そういう貴族にならなりたいと思えた。サラに恥ずかしくない男になりたいって」

サラはゆるりと首を横に振って答える。

「いいえ、もう充分。あなたは誰よりも気高くて、おやさしくて、立派な方ですわ」

「……ありがとう」

はにかむように微笑んで、レゼルはそっとサラを抱きしめる。

「……皇帝なんて柄じゃないが、サラが支えてくれれば大丈夫だろう」

「ふふ、ご期待に添えるように尽力いたしますわ」

「はは、そりゃあ頼もしい。まあ、元々王妃になる予定が竜帝妃になっただけだしな。ただ、称号が変わるだけだ」

なんとも気楽な物言いに、サラはクスクスと笑ってから、そっと彼の背に腕を回して答えた。

「……そうですわね。称号なんてどうでもいいですわ。あなたの妻でありさえすれば」

「そうか、俺もだ」

軽い口調で言いながら、サラの背に回ったレゼルの手にグッと力がこもる。

「……あんたがそばにいてくれれば、いられれば、それだけでいい」

深い愛《いと》しさに満ちた囁《ささや》きがサラの耳をくすぐって、それから彼は、甘い運命に捕らえるように、サラを強く強く抱きしめた。

番外編✦ずっと、忘れないで。


彼女と会ったとき、ベネディクトゥスはあまりにも子供だった。

満月の夜。竜となった父の背に乗せてもらい飛んでいる最中、見かけた祭の灯《あか》りに惹《ひ》かれて一人降ろしてもらった——というよりも、そのまま放りだされた。

落ちたところで怪我《けが》などしないが、服は木の葉と土で汚れてしまい、手で払っていると、ふと得も言われぬ甘い香りに鼻をくすぐられ、ハッと振り向いたところに彼女がいたのだ。

「どこのお坊ちゃま？　せっかくのきれいな御召《おめ》しものがドロドロじゃないですか！」

「……すまない」

呆然《ぼうぜん》と謝りながら、視線をそらせなかった。

可愛《かわい》らしいというよりも凛々《りり》しい、春の女神というよりも月の女神。

いや、違う。そのような冷たいものではない。

陽射《ひざ》しをたっぷり浴びて育った、しなやかな若木のような、美しいその人は、呆《あき》れたように眉をひそめながらも、腰から下げた布で頬を拭ってくれた。

永遠に見つめていたいと思いつつ本能に急《せ》かされ、その手をつかんでしどろもどろに、それでも懸命に愛を乞うた。

「変わってますねぇ。私なんかのどこがいいの？」

呆れたように笑いながらも受け入れてもらえたとき、「生まれてきてよかった」と心で叫んだ。

本当に、浮かれていた。あまりにも愚かな子供だった。

生涯会えるかどうかもわからない番《つがい》に、これほど早く出会えた奇跡に酔いしれ、舞い上がって。

彼女を驚かせてやろうと正体を明かさず、「待っていてくれ」とだけ告げて宮殿へと帰った。

戻ったときに、絶望が待っているとは思いもせずに。


竜は強く心が揺さぶられたとき、番のために流したものが鱗《うろこ》となる。

彼女がいなくなったと知ったとき。

あふれる涙と胸が張り裂けるような悲しみで、初めてベネディクトゥスは竜になった。

宮殿へと飛んで帰って、彼女を謀《たばか》った者たちに報いを与えても、悲しみは深まるばかりだった。

――ああ、あの人は私を恨んでいるだろうか。

誤解を解きたい。愛しているのはあなただけだと伝えて、今度こそ夫婦になりたい。

切に願いながら、十数年のときが過ぎて――。

ある日、世界から大切な何かが失われた気配がした。

彼女と結ばれた夜に竜になれていたら、そのまま彼女を連れ去ることができただろうか。

――そうしたら、今でも一緒にいられたのに。

後悔と絶望に押しつぶされそうになりながら、それでも彼女を捜し続けて――。

「……形見？　私がもらってもよいのか？」

「ああ」

二十四年のときを経て、奇跡のように会えた愛《いと》しい息子は、顔をしかめて頷《うなず》いた。

「サラが、ひとつくらい分けてやったら、あんたの心が落ち着くんじゃないかって……サラが言うなら、そうすべきだろうから」

いかにも嫌そうに言いながらも、番の名を口にするときだけは口元がゆるむ。

——本当に想《おも》いあっているのだな。

我が子が番を、その心ごと得られたことが喜ばしくて、少しだけ羨ましくも思ってしまう。

「やさしい娘だな」

「ああ、世界一な」

誇らしげに言いながら、レゼルが視線を向けた、彼の私室のテーブルの上。

膝に乗せられるほどの小さなトランクひとつに、彼女の遺品は収まっていた。

トランクをひらいた瞬間、ふわりと香る匂いに鼓動が跳ね、ギュッと胸が締めつけられる。

木の櫛《くし》や大ぶりの素焼きのカップ、畳まれた衣類、どれからも、懐かしい香りがする。

——ああ、そうだ。この匂いだった。

傍らの子と似ているが、より甘く、狂おしいほどに愛おしい香りだ。

「ハンカチとスカーフ、どっちがいい？」

「どちらでも、君が譲ってもいいと思える方でいい」

涙を堪《こら》えて答えると、レゼルは「そういうのが一番困るんだよな」と眉をひそめつつ手を伸ばし、取り上げたのは淡い青色のスカーフ。

「じゃあ、こっちで」

「ありがとう……！」

両手で受け取り、すぐにでも顔を埋《うず》めてしまいたいのを堪えて、小さく畳む。

ローブのポケットから取りだしたハンカチでそっと包んで、再びポケットにしまいこんでから、ふとトランクの中の一品に目を留めた。

ブラウスの上に置かれた、色褪《いろあ》せた亜麻色の表紙の本。

題名がないところからすると——。

「それは……日記か？」

「ん？　ああ」

こともなげに頷いて、ひょいとそれを手に取り、ふっと頬をゆるめる。

「といっても、その日の夕飯と一言メモみたいなもんしか書いてないけどな」

「……読んでもよいか？」

彼女の字を一目でも見たくて。そうねだると、レゼルはあの人に似た凛々しい目をまたたかせ、それからフッと苦笑を浮かべて日記を差しだしてきた。

「……いいけど、泣くなよ？」

無理だ——と思いつつ、「わかった」と受け取り、そうっと表紙をめくった。

——ああ、このような……のびのびとした字を書くのだな。

確かに「晩餐《ばんさん》の献立と一行か二行のその日の雑感」という簡素な内容ではあったが、それでも、二人の暮らしぶりが生き生きと伝わってくるようだった。

ミルクポタージュの日、ヘビの卵を拾ってきたレゼルを「ポケットいっぱい詰めてこないだけ、どんぐり坊やより成長している」と褒めていたり、チキンスープの日には「薔薇《ばら》とカーネーションの区別がつく男になってほしい」と成長を願っていたり……。

慎《つつ》ましいながらも楽しげな様子に胸が温かくなり、苦しくもなる。

——この中に私もいられたらよかったのに。

願う資格もない願いを抱きつつ、ページをめくっていって、ある瞬間、息を呑《の》む。

豆のスープの日、レゼルが新調した騎士服のボタンをすべて飛ばして帰ってきた日のページに。

淡い青色の押し花が挟まれていた。

「……これは？」

微《かす》かに震える声で問うと、「これ？」と覗《のぞ》きこんできたレゼルが「あ」と小さく声を上げる。

それから、「忘れてた」と眉をひそめて呟《つぶや》いた後、スッと目をそらして答えた。

「さあな……ずっと持っていたから、たぶん、大切な花なんだろう」

中心が金色に染まった淡い青色の花の名は——ミオソティス。

彼女と出会ったとき、一緒に摘んで、彼女の髪に挿した花だ。

——取っておいてくれたのか。

ずっと、忘れないで。

そう思った瞬間、視界がぼやけた。

グッとこみあげる甘くて痛い感情があふれるように、熱いものが頬を伝い落ちる。

「……おい、泣くなって言っただろう」

「す、すまない」

せっかくの彼女の文字が滲《にじ》んでしまう。

慌てて日記を閉じながら、それでも、涙の方はとめられなかった。

——心の片隅に少しでも、一欠片《ひとかけら》でも、私の愛を信じる気持ちが残ってくれていたらいい。

そう願いながら涙を流すうちに、しゃっくりまで出てきてしまう。

「……泣きすぎてしゃっくりって、子供かよ」

舌打ちをしたレゼルが、パンッと背を叩《たた》いてくる。

「ほら、深く息吸って、とめろ。それでもダメなら、水持ってくるから」

鬱陶しげに言いながらも、背中をさする手つきは子供をあやすようなやさしいものだ。

呆れたように眉をひそめるその表情は、いつかの彼女とよく似ていて。

——ああ、親子なのだな。

そう思ったら、ついつい頬がゆるんでしまい、「まったく泣くか笑うか、どっちかにしろよなぁ」

と苦笑まじりに叱られてしまった。

# 番外編✦春よりも、ずっと甘い。

冬も深まる、ある日の夜。

屋敷に帰って、私室の扉を静かにひらいたところで、ふわりとあふれだす温かな空気と、それに混じる甘い匂いに包まれて、レゼルは目を細めた。

寒さに強《こわ》ばっていた身体《からだ》がホッとゆるむ。

――サラは……寝ているか。

三カ月前、取り返したサラを「嫁入り前だから」とサラの父親に言われ、渋々生家に帰した後。引き継ぎなどでいよいよ忙しくなって、まともにサラに会えない日が続き、発作的に顔を見たくなり、深夜、オネソイル家に忍びこんで――屋敷内には入らず、二階の窓から覗《のぞ》くにとどめた――本人に見つかって、「落ちたらどうするのです！」と叱られたのが一カ月ほど前。

その翌日、サラは渋る父親を説き伏せて、婚礼の準備の名目で越してきてくれた。

以来、夜だけでも一緒にいられるようになって嬉《うれ》しい限り。

……ではあるのだが、やさしすぎる彼女が寝不足にならぬよう、朝方、「今日も遅くなるから、先に休んでてくれ」と言っておいたのだ。

言いつけを守ってくれてよかったと安堵《あんど》しつつも、「おかえりなさい」の笑顔が見たかったとも思ってしまう。

――欲ばりなのはわかってるが、見たいものは見たいんだよ。

どれほど忙しく、疲れ――ることはさほどないが――苛立《いらだ》つことがあっても、サラに笑顔で迎えられると心が和らぎ、自然と頬がゆるんで、こちらも笑顔になれるのだ。

――なんというか、春の化身というか女神っぽいよな。

がらにもなく、そんなことを思う。

瞳は春の青空のようで、笑顔は花のよう。

澄んだ声は春によく聞く小鳥のさえずりを思わせ、ジッと上目遣いに――本人はあざといことをしている気はないのだろうが、いつもそのまま口付けたくなる――見つめる仕草は、春に生まれた子猫のように愛らしい。

香りもそうだ。

花咲く春の日ならではの、道を歩いていると不意にふわりと鼻をくすぐられ、つい立ちどまり、スンと吸いこんでしまうような、あの甘い匂い。

――いや、違うか。サラの匂いは、もっと……。

足音を殺して寝台に近付き、そっと帳《とばり》の隙間から覗きこむと、横たわるサラの姿が見えた。

こちらに顔を向けているため、寝顔がよく見える。

――ああ、何度見ても、もういっそ腹が立つくらい可愛《かわい》いな。

人形のように整っているのに、高慢さや冷たさは微塵《みじん》も感じない。

白い肌はつややかで、ぷるりとやわらかそうで、頬や目蓋はほんのりピンクがかっていて、ふれたら温かいのだろうなと思わせる。

実際、温かくて手のひらに吸いつくような感触が堪《たま》らない。

そっと彼女の頬に手を添えて、その手に甘えるようにすり寄られるとき。

いつも、ギュッと胸が締めつけられて、どうしたらいいのか、どうしてくれようかと、愛《いと》しさと名状しがたい凶暴な衝動に駆られてしまう。

——相変わらず、睫毛《まつげ》が長い。

おまけに多い。いっそ重そうなくらいで、いつもあれほどパッチリと目をあけていられるのが、時々不思議になるほどだ。

クスリと思わず笑みがこぼれて、その吐息がかかったのだろう。

サラが、ふ、とくすぐったそうに頬をゆるめて、こてんと顔を反対側に向ける。

その拍子に、細い首すじが差しだされるように露《あら》わになり、レゼルは気付けば背をかがめ、そこに鼻先を埋《うず》めていた。

「……ん」

ピクンと身じろいだサラがどこか色めいた吐息を漏らし、トクリと鼓動が跳ねる。

衝動のままに揺り起こしてしまいたくなるのを堪《こら》えて、そっと息を、彼女の匂いを吸いこんだ。

——ああ、やっぱり……春よりも、ずっと甘い。

チリリと首すじが疼《うず》いて、そっとそこにある鱗《うろこ》を、手のひらでなだめるように押さえる。

——最初から、良い匂いだったが……。

おそらく、出会った瞬間からそう感じていた。

あの奴隷商の館で――今思えば、あのバカ王子が、サラの価値に気付かず手放してくれたのは、何よりの幸いだった――彼女を抱きあげたときから。

レゼル自身は覚えていないが、ロニーが言うには「いい匂いだと浮かれて、犬のようにスンスン嗅ぎまわってらっしゃいましたよ」とのことなので、まず間違いないだろう。

けれど、サラを求めて竜になったあの夜明け、自分が何者か気付いたときから、いっそう匂いが鮮明になった。

深く吸いこめば本能を揺さぶられ、魂が満たされるような、狂おしいほどに愛しい匂い。

――これが、番《つがい》の匂いってヤツなんだろうな。

決して、本能だけで求めたわけではない。

人として敬意も愛情も育ててきたつもりだ。

それでもこれは、この匂いは、どうにも抗《あらが》いがたいほどに芳《かぐわ》しい。

――あいつも……ベネディクトゥスもそうだったんだろうな。

認めるのは腹が立つが、今ならば納得できる。

ベネディクトゥスが「捨ててなどいない！」と訴えた、あのとき。

「今さらそんなこと信じられるか！」と思って口にも出したが、今なら、今だからわかる。

捨てられるわけが、いや、手放せるわけがない――と。

これほどまでに心惹《こころひ》かれる、甘く蕩《とろ》けるような香りを放つ、愛さずにいられない相手を。

——簡単に許してやりたくはないんだが……。

それでも、これほどの存在を失ったのだと思えば、二十年以上の間、あの男が味わってきた痛みも苦しみも察せてしまう。

とはいえ、同じ年月の間、母もレゼルも苦しんできたのだ。

——もっとしっかり捜せばよかったんだよ。

国中捜してもいないのなら、さっさとこの国まで捜しにくればよかったのだ。

そうすれば、間に合ったかもしれないのに。

そうしたら、なんだかんだでお人好《ひとよ》しな母のことだから、泣いて詫《わ》びるベネディクトゥスの頬に、バチッと一発おみまいして許してやったはずだ。

——それなのに……やっぱり、遅えよ。

間にあっていたら、母はもっと長く生きられただろうし、ベネディクトゥスもあんなに泣かずにすんだ。親子三人で、幸せになれたかもしれないのに。

やるせないような哀れみと、もどかしさに似た苛立ちを、ひそやかな溜《た》め息《いき》と共に追いだす。

——ウジウジと考えたところでしかたないか。

悔しいが、未来があるのは生者にだけだ。やりなおす機会があるのも。

親子三人がそろうことはないとはいえ、二人は生きているのだから、いつかはベネディクトゥスも泣きやんで、幸せを感じられる日がくるはずだ。

——そう簡単に仲良くしてやる気はないが……まあ、サラが取りもってくれるだろう。

ふ、と頬をゆるめて、目の前の細い首すじにスリリと鼻先をこすりつけ、スッと息を吸いこめば、脳髄が揺れるような、胸を甘く焦がすような香りに満たされる。

目をつむり、思わず、はあ、と息をついたところで、ん、とサラが身じろいで――。

「……レゼル？」

まどろみまじりの愛らしい声が耳をくすぐり、レゼルは、しまった、と目蓋をひらいた。

「……悪い。先に寝てろって言ったのに、起こしちまったな」

眉を下げて謝ると、サラは「いいえ」と目を細める。

「起きられてよかったですわ……お帰りなさい、レゼル」

そう言って、微笑《ほほえ》みながら手を伸ばしてくる彼女の手を取り、時々怖くなるほど華奢《きゃしゃ》な指に指を絡めて、レゼルは目を細めて返す。

「ああ。ただいま、サラ」

こんな何げないやりとりを、当然のようにできることに、限りない幸福を感じながら。

――俺は絶対にサラを失わないし、手放さない。最後まで、一緒に幸せでいる。

三カ月前のあの夜。

それが叶《かな》わなかった父に投げつけたものと似たようで、もっと深く強い想《おも》いをこめた言葉を心の中で呟《つぶや》いて。

レゼルは笑みを深め、つないだ手をしっかりと握りしめると、目の前の愛おしい存在に、そっと誓いを立てるように口付けた。

# あとがき

ロサージュノベルス様ではお初にお目にかかります。こんにちは、犬咲です。

たくさんの本の中から拙作をお手に取っていただきまして、誠にありがとうございます！

本能は番《つがい》を求めてやまないのに純愛をこじらせるあまり手を出せないヒーローと、百パーセントの善意と責任感で「務めを果たしたい！」とヒーローの理性をガリガリ削って迫りゆくヒロインが、身も心も結ばれて運命の番になるまでの恋物語、いかがでしたでしょうか。

少しでもお楽しみいただけていますと嬉《うれ》しい限りです。

こちらはムーンライトノベルズ様に投稿した作品を加筆修正しまして、ロサージュノベルス様で書籍化の上、光栄にも創刊ラインナップに加えていただけることとなりました。

オーバーラップ様の作品は以前から楽しく拝読していたのですが、「キスより先が書きたい系の私とは縁のない出版社様だ……」と思っていましたので、お声がけをいただいた際には、まず会社名を目にして「あれ？　どなたかと間違えられたのかな？」と思ったことを覚えています。

そこから新しくティーンズラブのレーベルを立ち上げると伺って「私でいいんですね!?」と驚き、喜び、舞い上がったものです。

創刊ということで、ずっとドキドキしながら改稿や校正などを進めてきまして、こうして無事に本の形となってお届けできましたことに、いつも以上に安堵《あんど》し、嬉しく思っております。

作品の方はいつも通り、萌《も》えと心だけはたっぷり詰めこんで書き上げました。

痩せ我慢ヒーローと無自覚煽《あお》りヒロインの攻防は良いものですよね！

そんなキャラクターたちを御子柴《みこしば》リョウ先生が、素晴らしく魅力的に描いてくださいました！

御子柴先生は描写力、絵の美しさ自体はもちろんのこと、キャラクターのイメージを本当に最高の形で具現化してくださっていてですね……！

お顔は子猫、身体は女豹《めひょう》な可憐《かれん》ヒロインと、野生の獣めいた凜々《りり》しく逞《たくま》しいヒーロー。

イメージ通りを通りこして、もはや「このキャラクターデザインを見ながら書いた気がする」と思うほどでした。

表紙も口絵も挿絵もすべてが麗しく最高ですので、ぜひぜひ、ご堪能いただけますと幸いです！

それでは最後に、こちらの作品が本になるまで助けてくださった担当編集者様、魅惑のイラストで作品の魅力を何倍、何十倍にもグレードアップしてくださった御子柴リョウ先生、そして何より誰よりも、今こちらを手に取ってくださっているあなたに心からの感謝を捧《ささ》げます！

拙い作品ではありますが、少しでもお楽しみいただけましたら幸いです。

最後までお読みくださいまして、ありがとうございました！

いつかまた、どこかで元気にお会いできますように！

犬咲

Rosage Novels

# 番と知らずに私を買った純愛こじらせ騎士団長に運命の愛を捧げられました！

発行　2025年4月25日　初版第一刷発行
著者　犬咲
イラスト　御子柴リョウ
発行者　永田勝治
発行所　株式会社オーバーラップ
〒141-0031
東京都品川区西五反田8-1-5
校正・DTP　株式会社鷗来堂
印刷・製本　大日本印刷株式会社


ISBN　978-4-8240-1161-9 C0093



【オーバーラップ　カスタマーサポート】
電話　03-6219-0850
受付時間　10時～18時（土日祝日をのぞく）

**作品のご感想、ファンレターをお待ちしています**

あて先：〒141-0031　東京都品川区西五反田8-1-5 五反田光和ビル4階　ライトノベル編集部
「犬咲」先生係／「御子柴リョウ」先生係

**スマホ、PCからWEBアンケートにご協力ください**

公式HPもしくは左記の二次元コードまたはURLよりアクセスしてください。
▶ https://over-lap.co.jp/824011619
※スマートフォンとPCからのアクセスにのみ対応しております。
※サイトへのアクセスや登録時に発生する通信費等はご負担ください。

ロサージュノベルス公式HP ▶ https://over-lap.co.jp/rosage/

雨川透子
ILLUST. 八美☆わん
過去の人生で得たスキルを思いっきり発揮します！
コミックガルドにて
コミカライズ連載中！
ループ7回目の悪役令嬢は、
元敵国で自由気ままな
花嫁生活を満喫する
20歳で命を落としては婚約破棄の瞬間に
ループしてしまう公爵令嬢リーシェ。
7回目の人生は、過去の人生でリーシェを殺した皇太子アルノルトの
元へ嫁ぐことになってしまい……!?
長生きごろごろ生活のため、
過去人生の職業スキルを発揮して生き延びます！
OVERLAP NOVELS f

第13回オーバーラップ文庫大賞
原稿募集中！
まだ見ぬ
世界を、
君の手で
【賞金】
大賞…300万円
（3巻刊行確約＋コミカライズ確約）
金賞……100万円
（3巻刊行確約）
銀賞………30万円
（2巻刊行確約）
佳作………10万円
【締め切り】 第1ターン 2025年6月末日 第2ターン 2025年12月末日
各ターンの締め切り後4ケ月以内に佳作を発表。
通期で佳作に選出された作品の中から、「大賞」、「金賞」、「銀賞」を選出します。
投稿はオンラインで！ 結果も評価シートもサイトをチェック！
https://over-lap.co.jp/bunko/award/
〈オーバーラップ文庫大賞オンライン〉
※最新情報および応募詳細については上記サイトをご覧ください。
※紙での応募受付は行っておりません。
イラスト：KWKM